說給我的孩子聽系列　**面對人生的10堂課**

說給我的孩子聽系列　**面對人生的10堂課**

面對人生的10堂課

邏輯與智慧

出版序
學校沒有教的事，讓我們說給孩子聽

有好多事，我們想說給孩子聽。

教改實施後，升學壓力仍在，許多家長雖然於心不忍，卻還是得讓孩子面對激烈的學習競爭。「不能輸在起跑點上。」我們常這樣叮嚀孩子，但看到孩子拖著疲累的步伐趕赴學校、補習班，看到孩子的眼神不再有熱情和渴望，對自己失去信心，我們還能說服自己，這一切都是爲他們好嗎？

記得有個朋友曾聊起他的兩個兒子。他的大兒子功課很好，從進小學到畢業，都是第一名；小兒子調皮好動，功課總是吊車尾。他和他太太覺得，上天已經給了他們一個優秀的兒子，如果要求兩個孩子一樣好，那就太貪心了。既然小兒子不是讀書的料，他們對他的教育一向是「快樂就好」，讓他自由參加活動、發展興趣，從不逼他讀書。

上國中後，有一天，小兒子的導師打電話給他：「你兒子的智力測驗全班最高，功課卻很不好，我教書二十多年，從沒見過這種情形。」熱心的導師鼓勵他小兒子讀書，從此成績開始進步，後來考上醫學院，當了醫師。

原來，他小兒子是自覺比不上哥哥才不想唸書。由於父母沒給壓力，他得以自由發展，一直過得很快樂。朋友相信，就算他小兒子功課一直不好，考不上好學校，這種樂觀的態度也會跟著他，使他一生都受益！

聽了這段往事，讓我感觸很深，我想我們做父母的有必要重新思考，什麼樣的教育對孩子最有益？哪些人生建議能眞的幫助他們成長？

其實，教育最初的目的，是幫助一個人了解自己、發展自己，並能在生活中實際參與及互動。讀書考試之外，還有好多我們必須天天面對的事：

金錢──建立正確的金錢觀念，創造價值

時間──培養正確的時間觀念，把握分秒

個體與群體──認同群體，發展自我

溝通與表達──說自己想說的話，與世界相連

興趣與志向──做自己想做的事，發揮所長

身心健康——愛護身體，學習保健之道

生與死——了解生命的價值，體會生命的祝福

邏輯與智慧——提升思考能力，擴展人生格局

對台灣的愛——深化對家鄉的認同與感情

未來生活——展望未來，有自信面對未知的變化

這些事，在教科書裡找不到，考試也不會考，卻與人生幸福息息相關，需要我們說給孩子聽！這些事，就編寫在《說給我的孩子聽——面對人生的10堂課》裡，是您給孩子最好的禮物！每個主題都包含多則小故事，在孩子探索的過程中，您的陪伴將給他們信心，您的分享能減少他們的摸索——每則故事後還附有延伸問答，您和孩子可以輕鬆開啟話匣子，分享彼此的想法。

多麼希望在自己年輕時，也有這樣一套書來說給我們聽，減輕我們人生路上的徬徨與不安。早知道，早幸福，總有一天，孩子也跟我們一樣要面對眞實的世界，相信有了這10堂課，他們對未來會更有信心！

簡志忠

品嘗聰明滋味

前言

光是聰明還不夠

馬克吐溫是美國知名作家，他所寫的《頑童歷險記》是大小朋友耳熟能詳的作品。但也許有人不知道，他也是個很有正義感的人，常利用絕佳的口才和文筆來針砭時事。

有一次，馬克吐溫在公開場合批評政客：「國會中有些議員是混蛋。」這句話被記者報導出來後，不得了，立刻引起議員們的不滿，要求他一定得登報道歉。

於是過了幾天，馬克吐溫在《紐約時報》刊登了一則啓事：「日前本人發言指出『國會中有些議員是混蛋。』有人認爲極不恰當。經過本人三思，也覺得此話與事實不符，故特此聲明，將本人的發言修改如下：『國會中有些議員不是混蛋。』」

「有些議員不是混蛋」和「有些議員是混蛋」，兩句話實際上意思完全一樣，只不過換了個說法而已。馬克吐溫不畏議員的威脅，以幽默、機智和膽識表明自己的立場，令人拍案叫絕！

相信誰都希望自己可以像馬克吐溫那麼聰明，聰明的人不但能輕鬆掌握學業、事業，也容易得到更多、更好的機會。聰明有遺傳的成分，但也可以藉由後天的教育來提升。掌握知識、熟悉常識，就不容易被迷惑，不過人生不是爲了求勝而活，還有其他重要的事情，例如：

比別人聰明，贏過別人，就能得到人生的圓滿、幸福嗎？

聰明才智不如人，就是沒有用嗎？

強者可以任意壓制弱者嗎？

這些問題並沒有標準答案，需要我們自己思考、判斷。我們認爲，提升聰明才智固然重要，養成智慧更能提升人生的境界，讓我們在競爭中不致迷失自己。

《面對人生的10堂課——邏輯與智慧》提供了三十則故事，有的蘊含邏輯原理，有的蘊含人生哲學，邀請讀者在聰明和智慧的花園裡散步。而每則故事之後，更編寫耐人尋味的問答，藉由小朋友和大朋友的對話，提示多元的觀點，也讓親子有延伸討論的空間。

擴展生命的格局，就會看見更大的願景。願孩子們鍛鍊聰明的思考，汲取中西先哲的思想精華，做個聰明又有智慧的人！

感謝曾志朗教授、王邦雄教授、康來昌牧師，在書中與讀者分享對聰明與智慧的看法。

品嘗聰明滋味

是誰把老鼠屎放進蜂蜜罐子裡？
想跟富家女結婚，先回答三個問題！
為什麼住在城裡的人容易得怪病？
紅包裡有多少錢，猜對了就是你的！
汽車陷進泥地裡了，想想辦法吧！
大石頭和小石頭，誰掉的速度比較快？
火車等了半天都不來，有可能是我搞錯嗎？

蜂蜜罐裡的老鼠屎

累積經驗，培養智慧

有一天，史帝夫邀請蘇珊到家裡來作客。蘇珊提了一籃餅乾和一包蜜餞，來到史帝夫家的門前。

望著那扇巨大的門，蘇珊心裡想：「史帝夫的家眞是豪華，連門都這麼氣派！聽說他不但請了專門的管家，還有好幾個佣人呢！」

「叮咚！」按鈴之後，來開門的是史帝夫的管家，進入客廳之後，才看到史帝夫。

「親愛的朋友，眞高興妳來了。先帶妳參觀一下我家吧！」在史帝夫的帶領下，蘇珊一一參觀了客廳、餐廳、廚房、七間臥室，連廁所也不放過。

「噢，眞是漂亮！」「這張地毯的手工眞精緻啊！」蘇珊不停讚美著：「眞是令我大開眼界！」

史帝夫看起來心情很好，說：「對了，我有一罐珍貴的蜂蜜，一直捨不得吃，不如今天把它打開來吃吧！」

「這怎麼好意思呢？」蘇珊覺得受寵若驚，「不過用我帶來的餅乾沾蜂蜜吃，聽起來是個好主意。」等著管家把蜂蜜拿來的空檔，蘇珊滿心期待：「聽說蜂蜜非常好吃，有多好吃呢？」在當時，蜂蜜可不是一般人吃得起的。

蜂蜜罐端上來之後，蘇珊迫不及待想要嘗嘗……

「等一等！」卻被史帝夫攔下。「這裡面幾粒黑黑的是什麼？」

蘇珊仔細瞧了一瞧，還湊近聞了一聞，小聲的說：「有點像老鼠屎耶！」

「的確是老鼠屎！」珍貴的蜂蜜裡竟然出現了三顆老鼠屎，讓史帝夫氣得大吼：「這是怎麼一回事？管家！管家在哪裡？」

匆匆趕來的管家，仍保持著一貫的鎮靜：「我把罐子打開後就直接端過來了，過程中不可能讓老鼠屎掉進去。一定是之前保管不當造成的。」

於是史帝夫又把負責看守倉庫的傭人叫來，但傭人大喊冤枉：「不可能啊！平常倉庫連一隻老鼠也進不去，而且罐子一直都是密封著的。」

管家說：「倉庫歸你管，一定是你的疏忽才發生這種事！」

傭人被逼急了，說：「我知道你想陷害我，說不定是你拿蜂蜜去之後才放老鼠屎的吧？」管家也不甘示弱：「不要胡說！你的嫌疑最大！」

「不是我！」

「不是你難道會是我？」

你一言我一句，吵個不停。史帝夫又氣又無奈：「我珍貴的蜂蜜被糟蹋了，卻沒有犯人！」

這時蘇珊冷靜的說：「我有辦法知道犯人是誰。」

「哦？妳倒是說說看。」史帝夫說。

只見蘇珊用湯匙將蜂蜜中的老鼠屎撈出來，放在盤子裡，用刀子剖成兩半，仔細看了看後說：「管家，你就是犯人！」

管家聞言臉色發青：「不、不是我！妳有什麼證據這麼說？」

「這顆老鼠屎就是證據。」蘇珊說：「我在家中做蜜餞時，是將水果和糖蜜放在罐子中，密封起來，等待糖蜜滲入果肉中。製作蜜餞需要一定的時間，只放置一、兩天的話，糖蜜是無法滲透到果肉內部的。」接著蘇珊讓大家看剖開的老鼠屎，「你們看這顆老鼠屎的內部是乾燥的，只有表層沾有蜂蜜，可見浸泡的時間很短，所以是在端上桌前才放入的。」

管家一聽知道無法抵賴，轉身就想跑，卻被史帝夫一把捉住。之後他被調去廚房打雜，爲了彌補所犯的錯，他得不支薪洗碗一年。

（薛文蓉）

蘇珊真聰明，知道利用相似的經驗來推理。

是啊，許多小說裡的偵探，都具有敏銳的觀察力，能注意到一般人沒注意到的細節，再加上靈活運用已知的事，並不是憑空就進行推理的。

要怎樣才能像蘇珊一樣聰明呢？

多多增加經驗和知識或許是一個方法。蘇珊因爲自己曾經製作過蜜餞，知道食物醃漬的過程是怎麼回事，所以才能據以推論出老鼠屎是後來才放入的。有豐富的知識和實際的經驗，比較不容易被迷惑。

給求婚者的三個難題

靈活變通開啓機會之門

有一個錢多得離譜的大財主，膝下只有一個女兒。這個獨生女相貌平凡，腦筋也差強人意，不過由於娶了她就等於娶了金山一樣，每天都有數不清的求婚者登門拜訪。

「我這女兒不太聰明，不如我來幫她選一個聰明的丈夫吧！」於是大財主想出三個難題給求婚者，並宣布最先完成的人就可以成爲他的女婿。聽到這個消息以後，許多人都躍躍欲試。

首先，大財主在一條小河上用幾根竹子搭在兩岸當作橋，然後又拿出兩個大木桶。

「同時帶著這兩個裝水的大木桶過橋，水不能灑出來，鞋子和腳也不能沾濕。」大財主提出第一個難題。

這個題目聽起來不難，求婚者爭先恐後的要試試看，結果許多人走沒幾步便失足落入水中，要不就是失去平衡，將桶裡的水灑出大半。還好其中有一個求婚者的平衡感極佳，只見他挑著兩個大桶走在竹橋上，穩得跟在平地沒兩樣，一旁的觀眾看了都忍不住叫好。

然而還走不到橋的一半，竹橋就因爲重量的關係漸漸彎曲；再多走一步，兩腳雖還在橋上，但都已被河水浸濕，挑戰失敗！看到這裡，許多人開始抱怨這根本是不可能的任務。

「連第一題都沒人能完成嗎？」大財主有點失望。

此時布店的伙計小馬走了出來：「讓我來試試吧！」

只見他將木桶放入河水中，裝滿水，然後自己站到橋上，拉住綁在木桶上的繩子，利用河水的浮力，輕輕鬆鬆的拖著兩個裝滿水的木桶過了橋，解決了第一個難題。

第二天，大財主拿出一根長竿，長竿的頂端勾著一串珍珠項鍊，然後宣布了第二個難題：「用手拿到項鍊，但腳不能離地，長竿也必須保持直立。」

許多人聽了都搖搖頭：「不可能有人能腳踩著地，手卻搆得到那麼高的地方吧？又不是妖怪！」

議論紛紛中，只見布店的小馬舉起了長竿，來到一口井旁，將長竿慢慢插入井中，等到長竿觸到井底時，手一伸正好可以拿到珍珠項鍊，而且長竿始終是直立的。

「原來還有這一招啊，我怎麼都沒想到！」看到不可能的任務原來可以用這麼簡單的方式完成，有人不禁拍了拍自己的腦袋。

第三天，大財主要求小馬必須在半小時內，說出財主家那棵「通天杉」的高度。

「這樹好高啊，仰頭都看不到樹梢，恐怕需要很長的梯子吧？」

「時間那麼短，小馬來得及量嗎？」許多人圍在四周，只爲了看看小馬能不能解開這第三個難題。

小馬笑笑說：「十分鐘就夠了，請給我一把普通的尺和一根短竿。」只見他將短竿立起來，因爲時間接近中午，短竿產生一條短短的影子。小馬用尺量出短竿影子的長度，然後又量了「通天杉」的影子長度，最後量了短竿本身的長度。他稍微沉思了一下，說：「這棵樹的高度是一百四十三尺。」

不明所以的群眾，要求小馬說清楚一點。小馬說：「我剛才量了短竿的高度是影子長度的十一倍，也就是說，在目前陽光的照射下，影子的長度是眞正高度的十一分之一。通天杉的影子測量後爲十三尺，所以它的眞正高度是一百四十三尺。」

大財主聽了滿意的笑說：「我的好女婿，你眞聰明！」

（薛文蓉）

想不到木桶可以放在河裡拖著過橋；長竿放進井裡，手就能伸到頂端；量出樹影的長度就能推算樹的高度。小馬很會「腦筋急轉彎」呢！

這些看似困難的問題，用小馬想出的方法解決，就變得很簡單。其實他的方法我們不見得想不出來，只可惜我們常常被自己的想法限制住，有時緊抓著一個方向思考，反而找不到出路。能夠擁有靈活的頭腦，其實就是最可貴的財富。

要像小馬這樣的聰明人，才可能解答這三個難題吧！

小馬除了聰明，也有接受挑戰的信心和勇氣。其實我們多數人的頭腦都不差，差是差在一遇到難題就失去信心、輕易放棄，這才是最可惜的。

尋找江戶病的解藥

抽絲剝繭，找出事物間的關聯

「江戶」是東京的舊稱，自德川家康在此建府之後，便取代京都，成為日本第一大城。繁華的江戶不但充滿了新奇的事物，也創造出不少賺錢的機會，就像糖蜜能招來蟻群一樣，江戶吸引了眾多的外地人來此工作或經商。

然而當時的江戶卻流行起一種怪病。患病的人起初是感到雙腳麻痺，隨後是雙手，病情惡化下去，就只有死路一條。因為找不出生病的原因，醫生們也十分困擾。有些外地人患病後，因為無法繼續工作，只好返鄉，沒想到返鄉後病情反而莫名其妙的好轉。

「天哪！難道我就沒有在江戶賺大錢的命嗎？」於是有人戲稱這種病叫「江戶病」。

「江戶病」另一個較為人所知的名稱是「腳氣病」，因為病徵總是從腳先開始。這種病多發生於亞洲地區，所以有些西洋醫生甚至認爲這是一種「風土病」，只發生在亞洲。

十九世紀末，日本正致力於發展海軍，腳氣病成了最大的絆腳石。在航行期間，大量的士兵生病倒下。海軍病院的院長高木兼寬，覺得一定要設法解決這個問題，否則日本海軍將因腳氣病不戰而敗。

當時的醫學界深受巴斯德「細菌致病說」的影響，認爲所有的病都是由病菌所引起。西洋醫生提出：「腳氣病應是一種傳染病，日本高溫多濕，病菌容易滋生，如果改善環境衛生，就能預防腳氣病。」日本陸軍的將領採信了這個說法，花了許多精力在衛生工作上，但對腳氣病的防治效果不彰。

高木雖然曾留學英國，但他對「腳氣病是傳染病」的說法有所懷疑。後來，他在海軍的航海紀錄中發現，有一艘軍艦在航行一百六十天中，雖然出現許多腳氣病患者，但若仔細區分發病的日期，卻發現停靠美國的期間無人發病。該艦另一次去澳洲時也出現同樣的情形。

「這似乎有些玄機。」高木兼寬心想：「我該找他們來問問看。」

在訪談中，官兵們述說著上岸後的見聞，其中「食物上我不太習慣，他們吃一種叫麵包的東西……」這一說法引起高木的注意，開始思考靠岸期間無病是否與飲食有關。

當時軍隊的伙食主要是白飯配醬菜，高木根據在英國學到的知識，認為日本海軍的食物中蛋白質不足，「營養不良」就是腳氣病發生的原因，於是他大力主張「兵食改良計畫」。

不過高木的主張遭到各方的質疑，而且改變飲食也受到士兵們的反對，最麻煩的是，新的菜單將使國家增加一筆不小的開銷。可是他不放棄，再三的交涉終於使「兵食改良計畫」落實在一次遠航中。如果這次失敗的話，他恐怕只能自殺謝罪了，可以想見當時他的心情有多麼不安。

結果，這個實驗計畫大大的成功。比起以往上百人喪生，這次航行只有少數幾人得病，而且病情輕微。

現在，人們已經知道腳氣病是營養缺乏所引起的，只要補充維他命B就能痊癒。高木兼寬在提高伙食營養的同時，間接使維他命B的攝取量增加了。他的貢獻因此得到世人的肯定，後來成為日本醫師會的會長，並被賜封為男爵。

（薛文蓉）

在腳氣病病因解開前的數百年間，許多人因爲此病而喪生。還好有高木兼寬追根究底，終於發現這種病是和營養不良有關，也找到了預防腳氣病的方法。

為什麼離開江戶，腳氣病就好了？

因爲當時的江户太富足了，人們都只吃精製的白米，而鄉下地方仍吃較便宜的糙米甚至米糠，裡面反而含有許多有益的營養呢！

猜紅包遊戲

找出有限的可能性

今年寒假就像燜燒鍋一樣，每天待在家裡，我都快悶爛了！誰教爸媽的年假只有四天，前後沒遇上週休二日，我們就不能回高雄外婆家賺那最大的紅包，加上也住高雄的三個舅舅、兩個阿姨……我的損失真是無法估計啊！

不過最慘的還是老爸，大過年的居然還得去公司加班，他們的客戶真是太機車了。

「哎！」老爸哀嚎了一聲，看我們窩在電腦前玩著「大富翁」，他拉拉領帶、提著公事包，還是出門了。

「哎！」我和哥哥同時嘆了口氣。

我無精打采的敲著鍵盤，說：「哥，我今年的壓歲錢居然不到五千塊，眞是可憐。」看著遊戲軟體中的銀行存款數字，哎，如果這是眞的錢，該有

多好啊！

「切，人要知足啦！妳要慶幸爺爺沒去大陸過節，不然妳連兩千元都湊不到。」哥嚼著口香糖，一副不在乎的模樣。

「叮咚，叮咚！」門鈴響了。

一打開門，門口站的居然是在金門當兵的大表哥！

「表哥，我以爲你沒放假呢！你怎麼可以回來？哦，是不是逃——」我的「逃」字還沒說完，就挨了表哥一記拳頭。

表哥捏捏我的臉頰說：「小鬼頭，逃什麼逃？我們是輪流休假啦。你們沒出去玩嗎？窩在家裡做什麼？爸媽呢？」

「爸加班，媽和朋友去逛街。唉，我本來想跟的。我好想買ＰＤＡ，班上好幾個同學都有呢。」哥哥苦著臉說。

表哥坐在沙發上，看著我，帶著笑容說：「大過年，看你們兩個愁眉苦臉的。小妹，妳呢？妳想買什麼？」

我看到表哥從口袋裡掏出了幾張紅色的東西，哇，是紅包耶！

「我什麼都想買啊！表哥，你是大人了，要給我紅包。」

1000
?
500

「呵呵，且慢！要紅包可以，我現在就給你們機會增加壓歲錢！來玩個遊戲吧！贏的人就可以拿到我的紅包。」

「怎麼這麼麻煩！」哥哥說。

「天下沒有不勞而獲的事嘛！」表哥笑著說：「我們就來玩個猜紅包的遊戲好了。瞧，這有五個紅包袋，其中兩個是一千元，三個是五百元。我先在紅包袋後面寫上錢的數目。」

「然後呢？」我和哥忍不住同聲問。

「急什麼，還有遊戲規則呢！等一下我們每人要抽一個紅包，數到三拿起來，就翻給另外兩個人看數目，但自己不能看哦！重點是，誰最快猜出自己抽到的是多少錢，就能得到手上的那個紅包。」表哥說。

「要是猜不到，不就什麼都沒了？」哥哥皺著眉說。

「不會啦，哥，來玩嘛！」嘻，我已經想到好方法了，紅包鐵定是我的。

「好啦，男生不要輸給女生，要有挑戰的勇氣。來，每個人先抽一個，我數到三，再一起翻過來給別人看。」表哥把紅包有數字的那一面朝下，攤開來讓我們選。

「一、二、三！」紅包翻過來，我看到表哥的紅包是一千元，哥哥的是五百元。咦，哥哥一臉疑惑的樣子，哦，我知道了！

「五百元！我的紅包是五百元！」我立即大喊。

表哥把我的紅包袋翻給我看，果然是五百元！

「妹妹答對囉！來，紅包是妳的了。」

（凌明玉）

哇，妹妹好厲害，她是怎麼猜到的呢？

妹妹的想法是：「一千元的紅包只有兩個，我看到表哥拿到了一個，那就只剩下一個。如果我拿的也是一千，哥哥應該會立刻知道自己拿的是五百。可是哥哥卻愣住了，這表示他沒辦法根據我和表哥的紅包來判斷自己的紅包是多少錢，所以我拿到的一定不是一千元。既然不是一千，那就一定是五百元囉！」

妹妹是看哥哥的反應來猜的囉？

可以這麼說。如果表哥和哥哥拿的都是一千元，那妹妹可以立刻猜出自己是五百元。可是因爲哥哥拿的是五百元，所以妹妹自己的可能是一千，也可能是五百。這時就必須再靠其他的線索來作判斷。

雖然妹妹和哥哥拿到的都是五百元，但因爲妹妹比較細心，看到哥哥的反應，所以快速的作出判斷，才贏得了五百元。

從一個被汙染的培養皿開始

歸納推理，辨別真相

佛萊明是蘇格蘭醫生，在第一次世界大戰期間醫治過不少傷兵，但由於當時還沒有較好的抗菌藥物，許多傷兵因傷口受到細菌侵入，本身的免疫系統無法對抗而死亡。除了傷口容易遭細菌感染，還有許多人因爲細菌從口鼻侵入，導致嚴重的傳染病而死亡。面對這個殘酷的現實，佛萊明的心裡感到十分沮喪。

「難道眞的沒辦法對抗細菌嗎？」佛萊明不斷的思索，也不斷的研究，但一直都找不到殺死細菌的方法。

一九二八年九月的某一天，佛萊明將一個葡萄球菌的培養皿放在實驗檯上，然後外出度假去。幾天後，他回到實驗室查看培養皿，發現培養皿的邊緣長出了一小片青黴菌。他正覺得懊惱，打算把被汙染的培養皿丟棄時，卻

留意到一個特殊的現象。

「咦，爲什麼青黴菌的四周完全沒有葡萄球菌呢？」佛萊明將培養皿拿到顯微鏡下觀察，「難道青黴菌中含有某種可以殺死葡萄球菌的物質？」他一邊觀察，一邊喃喃自語。

經過多次反覆的實驗，佛萊明證實了他的推論，並將青黴菌中可以殺死葡萄球菌的物質稱爲「盤尼西林」（penicillin，或譯「青黴素」）。

這項發現讓佛萊明大爲振奮，他想：「盤尼西林只能殺死葡萄球菌嗎？還是它也能殺死其他細菌呢？」於是他再以其他細菌做實驗，發現盤尼西林不只可以對抗葡萄球菌，還能殺死多種病原細菌。

「如果將盤尼西林注入人體，是不是就能抵抗入侵人體的細菌？」佛萊明進行了一連串相關研究，但結果令他十分失望，因爲他無法將盤尼西林從青黴菌中提煉出來，而未經提煉的盤尼西林只能在培養皿或試管中殺死細菌，若注入動物血液中就失去效果了。

過了十四年，牛津大學的佛羅瑞（Howard Florey）和簡（Ernst Chain）兩位科學家，經過不斷的實驗和研究，終於將青黴菌中的盤尼西林提煉出來，並用它治癒了好幾名病患，因此在一九四五年，他們兩人與佛萊明共同獲得諾貝爾獎。

由於盤尼西林可以拯救當時被視爲得了絕症的病患，因此許多人都認爲它是仙丹妙藥；甚至還有人傳說，佛萊明是因爲吃下一塊發霉的乳酪，治癒了身上的膿瘍才發現盤尼西林的。不論傳說的眞假如何，盤尼西林確實救活了許多人。

但包括佛萊明在內的許多科學家都不敢掉以輕心，因爲他們知道，過了一段時間之後，有些細菌一定會產生抵抗力，使盤尼西林失效。所以他們仍不斷的與細菌對抗，從微生物中研究出更多、更有效的抗生素，讓醫生面對在人體內作怪的細菌時，不再束手無策。

（吳立萍）

抗生素就是可以殺死細菌的物質。目前這類藥物已多達數千種，都要歸功於佛萊明，從一個被青黴菌汙染的培養皿中，找出對抗細菌的方法。

佛萊明是怎麼想的？

他觀察到，培養皿中有青黴菌的地方就沒有葡萄球菌，於是猜想青黴菌可以殺死葡萄球菌。爲了確定有這種因果關係，他不斷研究，找出青黴菌中可以殺死細菌的物質——盤尼西林。

原來如此。

如果青黴菌中眞的含有可以殺死葡萄球菌的物質，那麼也很有可能可以殺死其他種類的細菌。實驗結果證實了，黴菌中的盤尼西林可以殺死許多的病原細菌。

這種歸納法不僅可以運用在科學研究上，也適用在人文科學領域，讓我們得到客觀而確實的結論。

美珠的小妙方

活用事物的屬性和功能

爲了防治腸病毒，學校在每個洗手台上都放了香皀，鼓勵大家勤洗手。剛開始的時候，大家還覺得滿高興的，因爲洗完手後手都會香香的。可是沒過多久，大家發現香皀都變得濕濕爛爛的，看起來好噁心！誰還想用它洗手呢？有些班級爲了解決這個問題，特別用班費買了香皀盒來放香皀，可是好像沒有用，香皀還是會濕濕爛爛的。

「香皀放在香皀盒裡，盒子和香皀接觸的地方會累積黃黃的皀屑，香皀盒的底盒又常常積水，眞是不衛生！」美珠和一些同學討論過後，大家都有相同的看法。

這天晚上吃過飯後，輪到美珠洗碗，洗完之後，她把排水孔上的濾網拉起來，準備連同剩菜一起丟掉。她忽然想到：「咦，爲什麼剩菜就不會濕濕爛爛的呢？」

仔細一看，原來是濾網把剩菜中的水分過濾掉了，是不是因爲濾網的孔隙比較小的關係？

「也許學校的香皀會爛爛的，就是因爲香皀盒上的孔隙太大了，香皀和香皀盒的接觸面積也太大，所以才會壓得爛爛的吧？」美珠心裡想，「如果在香皀盒上套上一層濾網，或許就可以把香皀上的水分過濾掉更多，香皀就不會被水泡得爛爛的了。」

於是美珠拿了一個濾網套在家裡的香皀盒上，她決定先試驗幾天看看，如果效果不錯，就可以去跟同學們建議，讓學校裡的香皀盒也套上濾網。

過了幾天，媽媽終於忍不住問美珠：「妳把濾網套在香皀盒上做什麼？」

美珠把自己的想法跟媽媽說，媽媽看了看香皀說：「好像眞的有效哦，香皀比較不會濕濕爛爛的了。」

不過美珠發現濾網上還是累積了一些皀屑，只是因爲過濾效果比較好，所以不像學校的香皀盒那樣濕濕的。

「不過濾網上還是有皀屑！」美珠說。

媽媽想了一想說：「其實這樣也可以有用處哦！」說著媽媽就把濾網拆下來，然後用濾網刷洗洗手台。因爲濾網是軟的，又帶有香皂，所以可以把洗手台刷洗得很乾淨！

美珠意外的發現了濾網好用的地方，很高興的把自己在家裡做實驗的結果告訴班上的同學。大家雖然聽不太懂這是什麼原理，還是決定試用看看，讓香皂盒「穿上」濾網。很快的，大家發現這個方法眞的有效！終於解決了香皂的濕爛問題。而且就像美珠說的，沾了香皂的濾網可以用來清理洗手台，眞是一舉兩得。同學們都很喜歡這個妙方，從此以後又開始搶著用香皂洗手了！

（吳書綺）

沒想到偶然的發現卻能幫大家解決困擾。美珠怎麼會靈機一動呢？

香皂沾了水就會變得濕濕的，泡了水更會變得爛爛的。一般的香皂盒雖然有孔隙可以過濾水分，但是效果似乎不很理想，香皂和盒子接觸的部分總是爛爛的，很容易累積皂屑，感覺很不衛生。美珠偶然想到可以利用濾網過濾水分的功用，就用來過濾香皂上殘留的水分，效果很不錯！

沒想到濾網也可以這麼用！

在我們身邊的許多器具都有不同的基本功能，例如裝東西、支撐東西和清潔等，但是不要被既定的名稱限制住，例如鍋蓋、杯蓋在必要的時候也可以用來裝東西。如果懂得活用物件的特性或功能，常常能發揮意想不到的妙用哦！

拉普鎮的老鼠

用簡單法則解決複雜問題

拉普鎮是一個自給自足的純樸小鎮，鎮上的小孩都在同一所小學讀書。

有一天，在放學的路上，喬伊問湯姆：「羅菈今天怎麼沒來上學呢？」

「是啊！今天有她最喜歡的音樂課，她不可能無故缺席的。難道是生病了嗎？」湯姆說：「我們乾脆去她家找她！」說完兩個男孩立刻往羅菈家去。

快到羅菈家的時候，他們由窗口依稀看見羅菈在房間裡走動的身影。

「咦？她看起來不像生病的樣子。」湯姆一邊說，一邊向羅菈揮手：「嗨！羅菈！……」話還沒說完呢，卻看見羅菈急忙將窗簾拉上，躲了起來。

「到底發生了什麼事？」兩個男孩都覺得很疑惑。

「羅菈！妳怎麼了？快告訴我們嘛！」

喬伊和湯姆站在羅菈的窗外不停的追問，並保證絕不洩漏祕密，羅菈才

吞吞吐吐的說：「昨天晚上……我睡覺的時候……結果、結果有一隻可惡的老鼠……」

「老鼠怎麼了？」喬伊問。

「牠、牠……咬了我一口……」羅菈繼續說。

「我也被老鼠咬過腳趾頭，還滿痛的。」湯姆忍不住插嘴。

「可是牠咬的是我的鼻子耶！現在不但紅腫，還有咬過的齒痕呢！」羅菈難過的說：「叫我怎麼出去見人嘛！」男孩們想像著羅菈鼻子上的齒痕，強忍著不笑出來，說了一些安慰的話才離開。

「我覺得最近老鼠好像愈來愈囂張了。」湯姆說：「鎮上到底有多少隻老鼠呢？」

「誰知道？又不可能把老鼠捉起來一隻一隻的數。」喬伊說。

「一定有辦法的。你敢跟我打賭嗎？」

「哼！你如果算得清楚，我就用鼻子吃麵包！」

跟喬伊打賭之後，湯姆就開始進行數老鼠的計畫。他先在全鎮各處放置許多捕鼠籠，捉到老鼠後，用染料做了紅色記號後統統放走。之後又重新捉了一批老鼠，然後放走；再捕捉一批，又放走。

看他這樣又捉又放的，喬伊忍不住說：「這樣怎麼數得清楚？快看！那邊有一隻逃到水溝裡了，你數過了沒？」

「不需要一隻、一隻的數，也能算出拉普鎮有多少老鼠。」湯姆笑嘻嘻的說：「我把一開始捉到的老鼠全部做了紅色的記號，一共有一百隻。把他們放走之後，他們就會回去老鼠群裡。雖然老鼠會躲來躲去、四處亂跑，但拉普鎮上的所有老鼠中，有一百隻是身上有紅色記號的，沒錯吧？」

「沒錯。」喬伊說。

「然後在我第二次捉到的一百隻老鼠裡，有一隻是身上有記號的，九十九隻是身上沒記號的。再重新捉幾次，也是差不多一百隻裡有一隻有紅色記號。所以老鼠的總數是紅色記號老鼠的一百倍，也就是一萬隻。」

「我們拉普鎮上有一萬隻老鼠啊！」喬伊想不到，湯姆竟然想得出這種方法，「我服輸了！」

「不過這陣子天天數老鼠，還眞是累壞我了。」說著，湯姆從袋子裡拿出一條麵包，「接下來換你表演用鼻子吃麵包了吧？」

（薛文蓉）

湯姆用這種方式計算，真的準確嗎？

湯姆用的方法，其實就是動物學家在自然環境中估計野生動物數量時用的「標識再捕法」。在大自然中，如果野生動物是自由混合、隨機分布時，就可以用這種方法來估計整個族群的總數。

舉個例，研究蝴蝶的人員在捕捉到的青斑蝶翅膀上做數字記號，然後放走；之後再次捕捉一批青斑蝶，然後計算其中有標記和沒標記的比例，依此估計出青斑蝶的族群有多大。另外，利用同一隻蝴蝶在不同地方被捕捉到的紀錄，還可以推測出青斑蝶遷移的路線哦！

為什麼要捉放好幾次？

因爲只做一次有可能不準確，所以要重複幾次來確定。

保哥的妙計

活用常識，臨危不亂

在一個晴朗美麗的星期六，保哥和瑛姊開車到山上去玩。因爲天氣很好，沿路有濃密的樹蔭，陽光穿透葉隙，射出一束束迷濛的光線，兩人看了都讚嘆不已。

「這眞是個好地方。」保哥說。

「我還聽到鳥叫聲呢！」瑛姊說。

由於山路狹窄曲折，車行的速度不能太快，有時更必須停下來會車。雖然有些不方便，但因爲大家都互相禮讓，所以一路上行駛很順暢。

保哥和瑛姊來到森林浴步道的入口，便下車往森林裡走，他們遇到不少穿著整齊登山裝備的遊客，大家愉快的打招呼。

當兩人從步道口走出來的時候，天色已經開始變暗，兩人上了車，保哥

發現前方還有路。

「咦，這條路是通往哪裡的呢？」保哥的好奇心很強。

「地圖上沒有標示耶。」瑛姊翻了翻地圖，說：「可能是通往另外一個步道的吧！」

「既然來了，就去探探路吧，這樣下次來的時候就知道怎麼走了。」

「好啊！」瑛姊說。

保哥往前開了十幾分鐘的路程，只見天色愈來愈暗，四周都是原始的景色，也沒有看到步道的標示。

「也許我們走錯路了。」瑛姊說。

「那就回頭吧。」

於是保哥把車掉頭往回開。開了沒幾分鐘，發現前方路旁停了三部車。有一個婦人站在路旁向他們揮手。

「發生了什麼事？」保哥把車停在婦人的面前。

「年輕人，請你幫我們推車好嗎？我們需要多一點人手。」這時才看到婦人臉上焦急的表情。

保哥把車停好，兩人出來看個究竟。原來有一輛豪華的轎車橫停在路旁的草地上，後輪陷進柔軟的草地裡，不能動彈了。這部車子應該是在掉頭回轉的時候陷進草地裡的。

另外兩部車也是被婦人攔下來幫忙的，有三個年輕人已經手扶著車子，正使勁要將車子推回車道。婦人的先生坐在駕駛座，油門直踩到底，但只見後輪空轉，因爲和草摩擦生熱，冒著有臭味的白煙。

「大家聽我說！」保哥走到豪華轎車的旁邊，請大家先停下來，「我們要集中力氣往前推，效果才會好。等一下我們喊一、二，喊一的時候才用力，這樣可以嗎？」大家聽了點點頭。

「一、二，一、二……」大家賣力往前推，車子的後輪也賣力的轉著，可是車子仍然沒有前進。

「怎麼辦呢？」婦人很著急：「是不是該打電話叫警察？」

「可是天都黑了，這裡離警察局滿遠的，叫警察也不知道多久才會來。」有個年輕人說。

大夥兒又試著推車推了兩三次，都沒有用。保哥看著空轉的後輪，突然有個想法。

「對了，後輪是因爲打滑才無法前進，我們找一些小石頭放在後輪的前方，讓後輪有著力點，這樣應該可以增加輪胎和地面的摩擦力。」

「放在輪胎前方？那不是會造成阻力嗎？」婦人的先生疑惑的說。

「阻力就是摩擦力啊！」保哥回答。

「我們就試試看吧！」婦人說。

放好石頭後，大家又使勁推了一次，但還是不行。婦人和婦人的先生都覺得很無助。接著想出的幾個辦法也都行不通。

「這樣好了，我們再推一次，如果不行，就打電話請警察來吧！」有個年輕人提議。

這顯然是最後的辦法。

「一、二，一、二……」一開始車子還是沒有前進，不過在推的過程中大家很快了解到，要將力量集中才有可能將車子推上來，於是口號也不約而同的改成了「一二三、一二三」，就像小學時的拔河訓練一樣。當力量集中之後，車子就應聲而動了，大家一陣歡呼！這時大家都體會到拔河訓練的用意，原來眞是「團結力量大」。

「太好了！謝謝大家的幫忙！」婦人一臉感激的笑容。

（李美綾）

保哥好聰明哦，想出好幾個點子。

沒錯！解決問題的方法，很多人都學過，但是在問題發生的當兒，往往只有鎮靜不慌亂的人才能活用這些方法。

如果沒有保哥的幫忙，也許只能等警察來。

其實除了保哥的機智反應外，也需要所有人的合作！解決問題的方法通常不只一個，只要願意去嘗試，成功的機會就會增加的。

大小石頭來賽跑

真或假，試試便知

古希臘有三位偉大的哲學家，其中集古希臘理學大成的亞里斯多德，在各方面提出的學說都被人奉爲經典，過了幾百年幾乎都沒有人提出質疑。雖然到了近代，科學的進步證實了他的許多學說不盡正確，但在十六世紀的歐洲，卻還不是如此。

例如亞里斯多德認爲：物體本身的重量愈重，落下時速度就會愈快。也就是說，十公斤重的石頭會比一公斤重的石頭落下的速度快十倍。

這個說法聽起來似乎很合理，畢竟每個人都可以動手做實驗：一張紙落下的速度，眞的比一疊紙要慢多了！因此，當時的人都相信這個學說，學校教師也把這個學說教給學生。

只有二十六歲的義大利青年科學家伽利略覺得有點懷疑。伽利略曾親眼目睹大小不同的冰雹同時掉落在地上，看起來冰雹應該是從相同高度一起落下的，而依照亞里斯多德的學說，較大的冰雹應該先落到地面才對呀！

伽利略一開始並不確定是自己的觀察有疏漏，還是亞里斯多德的學說有問題。他做了許多次的實驗後，終於確定了自己的看法。

有一天，他邀請了許多教授到比薩斜塔前，拿出一顆十磅的鉛球和一顆一磅的鉛球，問教授們：「假如這兩顆鉛球同時從塔頂自由落下，哪一顆會先著地？」

雖然大家都認爲「當然是十磅重的鉛球會先著地」，但是從來沒有人眞的做過這樣的實驗，結果會如何，眞沒人敢預料呢！要是這兩顆鉛球以非常懸殊的速度墜落地面，大家就可以鬆一口氣了；但要是它們同時著地的話，該怎麼解釋呢？

正當教授們議論紛紛時，伽利略大喊著：「要丟囉！看清楚啦！」

伽利略讓學生首先登上斜塔的第二層，將兩顆鉛球放進盒子裡，只見伽利略在塔下一揮手，學生一碰按鈕，盒子頓時打開，兩顆鉛球同時離開盒子，轉眼之間，兩顆鉛球同時落地，在場的人都大吃一驚！接著，伽利略分別讓學生在塔的第三層、第五層做相同的動作。不管球從哪一層落下，兩顆鉛球都是同時墜地。實驗進行到此，大家心裡都很清楚：原來直覺所想的事情不一定是眞的。

雖然伽利略的實驗撼動了一些教條，但這個學說眞正被改過來，又等了好幾百年！

現在的科技可以輕易的模擬出接近眞空的環境，在眞空管裡，不管是羽毛、紙片等再輕的物體，下落的速度和石頭或鉛球都一樣。輕的物體被誤認爲下落的速度較慢，其實是受到了空氣阻力的影響。眞空管裡沒有空氣，落下的速度當然也就不會受影響了。

伽利略實驗選用的鉛球，密度很大，空氣的阻力對它來說十分輕微，所以兩顆重量不同的鉛球能呈現相同的下落速度。

（倪宏坤）

天哪！我也以為輕的東西落下的速度比較慢呢！

10kg

我們生活的環境中到處都有空氣，空氣的阻力到處都存在，眞的很容易使我們被誤導。不能怪亞里斯多德提出錯誤的學說，也不能說相信這個學說的人就很愚蠢，因爲當科學的發展還不到一定的程度，我們很難分辨問題所在。

伽利略很厲害，可以發現亞里斯多德的學說有問題。

其實伽利略並不是提出空氣阻力來推翻亞里斯多德的學說，而且很顯然的，當時的人也沒有完全被他說服，所以沒有立即把錯誤的學說更正過來。然而最可貴的是，伽利略藉由仔細的觀察，發現問題，然後用實驗來證明事實的眞相。如果沒有他，這個學說要被糾正過來，可能還要等更久呢！

嗯，事情常常不像表面看起來那麼簡單，親自求證，才不會被誤導！

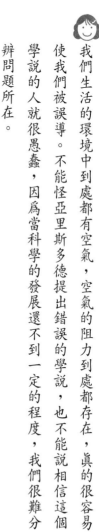

生活中類似的「誤會」還不少呢！比如，以前的人因爲看不到細菌等細小的微生物，就以爲食物是有「壽命」的，只要一放久，就會自己爛掉！直到後來有人把同樣的東西擺在一起做了實驗，才發現當食物密封起來就不會腐爛，這個發現推動了微生物研究的腳步哦！

帶寶寶去郊遊

尊重他人，肯定己見

接連下了幾天的雨，到處濕答答的，秀美摸摸晾在陽台上的衣服，忍不住抱怨：「到底什麼時候才會放晴？衣服都快發霉了！」

「聽氣象預報說，再過幾天就會放晴了。如果週末天氣好，我們就帶寶寶去戶外走走吧！」秀美的先生知道她心煩氣躁，便提出週末郊遊的計畫。自從寶寶出生後，一家人就很少有機會到戶外去玩了。

令人期待的星期天終於來到了，秀美一大早起床，就連忙拉開窗簾，看看窗外。

「太好了，今天陽光普照，是郊遊的好天氣呢！」秀美開心的叫醒先生，兩人興致勃勃的帶寶寶外出。

他們一家開車到風光明媚的郊山，因爲天氣好，上山來遊玩的旅客還眞不少。秀美和先生停好車子，把寶寶放在娃娃車裡推著走，在公園裡悠閒的散步賞花。

「哇，這個小妹妹好可愛哦！」有幾個年輕的小姐湊近來，對著寶寶指指點點。「小妹妹多大啦？」

「一歲兩個多月。」秀美的先生笑嘻嘻的回答。

「她還不會走路嗎？」

「會走了啊，剛滿一歲就會走了。」

「既然會走，怎麼不讓她多走走呢？」其中一個年紀比較大的小姐說：「我姪子也是一歲多，現在都又跑又跳呢！老是讓孩子坐娃娃車，太寵了！」

雖然是陌生人無心的話，秀美聽了實在不舒服，於是抱起孩子，讓先生牽著她走。

可是走了沒幾步路，孩子就停下來，抱著爸爸的腿不肯往前走。

「走呀走呀！寶寶乖，我們一起走。」秀美和先生拉著孩子的手，耐著性子哄著。

「孩子這麼小就要她走路，萬一跌倒怎麼辦？這對父母眞不會養育孩子！」秀美聽到有路人經過時小聲的批評他們。

「來，媽媽抱。」秀美把寶寶抱了起來。

走著走著，來到一座農場的花園，裡頭陳列了許多農產品，秀美很感興趣，也跟著擠在人群中採買。

這時有一個婦人看到了，就跟自己的先生說：「你看，怎麼都是媽媽在抱孩子？爸爸都不懂得幫忙。」秀美的先生聽到了，便從秀美手上接過孩子，好讓她能專心採買。

秀美瞧了老半天，沒有看見想買的東西，於是又從人群中鑽出來，一家人回到步道上繼續賞花。可是才走了半個小時，抱著孩子的先生覺得手很痠，只想趕快打道回府。

「時間還早，再逛一會兒嘛！下次再來，花可能都謝了。」秀美意猶未盡，不想這麼早回家。

「可是我抱著寶寶很累。」秀美的先生忍不住抱怨。寶寶不肯自己走，放進娃娃車又太寵她，讓秀美抱也不是辦法。秀美也覺得很爲難，不知道該怎麼辦才好。

突然，秀美笑了起來，先生不解的望著她：「什麼事那麼好笑？」

「我們爲什麼要那麼在乎別人的看法，讓別人來決定我們怎麼做呢？」秀美說道。

先生聽了也笑了：「說的有道理！」他們知道怎麼做了，秀美的先生將寶寶放回娃娃車，一家人繼續開開心心的賞花。

（吳立萍）

秀美和先生好像怎麼做都不對？

也許秀美和先生對養育孩子還不是很有經驗，所以聽到他人的建議，就會動搖自己原來的決定。

其實秀美有四種選擇：讓孩子自己走、把孩子放在娃娃車裡推著走、秀美抱孩子或秀美的先生抱孩子。每一種選擇都有好處和壞處，就看自己怎麼選擇。

可是每個人對同一件事的看法都不盡相同，當每一種選擇都有人否定，就會覺得無所適從，好像怎麼做都不對。

我們有必要尊重別人的意見，但也要清楚自己有哪些選擇，別人的意見通常只是作爲參考，一旦自己做出決定，就要有承擔後果的準備。如果別人說什麼，自己就做什麼，那就會莫衷一是，亂了陣腳。

月台上的眞相

不完整的思考容易有盲點

小芳和眞眞相約搭火車到彰化去旅行，她們計畫一起搭捷運到台北火車站，再從捷運站出口轉火車月台的接駁點上購買火車票。

「這班復興號列車十點半從台北發車，距離現在的時間還有二十分鐘，應該來得及，我們就搭這一班列車吧！」小芳看了火車時刻表之後提議，眞眞也覺得這班列車的時間剛剛好，既不用等太久，也不用急急忙忙的趕到月台去搭車。

於是她們買了兩張火車票，大約在十點二十分的時候，從接駁點搭電梯到火車月台。

月台上空蕩蕩的，只看見在遠遠的另一端有一列火車停靠著。她們放下沉重的行李，看時間還早，就坐在椅子上休息，天南地北聊了起來。

時間一分一秒的過去，已經十點三十五分了，還不見她們要搭的那班火車進站。

「八成是誤點了。」小芳猜測：「怎麼沒聽到廣播宣布呢？」

「沒關係，反正我們也不趕時間，再等一會兒應該就會來了。」眞眞不以爲意，於是兩人繼續聊天，但比剛才更留意月台廣播的訊息，也一直注意月台上的動靜。

又過了三十分鐘，一列火車駛進月台，但根據廣播的訊息：這是一班只開到台中的莒光號列車。

「這是我們要搭的那班復興號之後的列車班次！」眞眞滿臉疑惑的說道。

小芳也覺得這件事情實在太離譜，「火車已經誤點超過了半個小時，怎麼都沒聽到廣播呢？」

這時剛好有個車站的職員在月台上，小芳忍住一肚子怒氣，出示手上的車票向他詢問：「請問這班列車什麼時候才會來？」

職員看了她們的車票，十分訝異的說：「妳們沒搭上這班車，它在三十五分鐘前就已經準時發車開走了。」

9
8

「怎麼可能！我們在月台上等了四十五分鐘，根本沒看到這班列車經過。」小芳覺得職員在欺騙她們，忍不住提高了分貝。

「是眞的！這班列車在五十分鐘前，也就是十點十五分時就已經駛進月台，並在十點半準時開走。會不會是妳們看錯了時間？」職員說道。

小芳和眞眞都很確定自己沒有看錯時間，因爲她們兩人手錶上所顯示的時間是一樣的，而且在月台等候期間，她們也不時朝月台上方的電子鐘瞧，手表上的時間與月台的標準時刻是一致的。

「哦，對了！妳們是不是在月台的末端等車？因爲那班列車只有六節車廂，但這裡是月台的末端，只有十節長的列車尾端才會停到這裡。」

經職員這麼一說，小芳和眞眞突然想到，她們剛走進月台時，遠遠的一端好像停了一列火車，但因爲她們根本沒想到列車會提早停在月台上，當然也不會發現這是她們要搭的那班火車，於是就這麼陰錯陽差的錯過了。

明白事情的眞相之後，小芳和眞眞誠懇的向職員道歉，再等下一班次的火車出發。

（吳立萍）

小芳和眞眞很生氣，她們已經提早到達月台等車，而且沒看錯時間、票也沒買錯，所以認爲一定是火車沒來。

已經很小心了，誰知道還是出錯。

一般人出問題，都是因爲看錯月台、看錯時間、遲到，小芳和眞眞把這些可能出錯的因素都排除了，但她們還是遺漏了別的可能性，就是火車有可能比她們還要早到月台，而且每班火車的車廂不是一樣多。做任何事情，如果無法考慮到所有的可能性，就有可能因爲某個遺漏掉的可能性而做出錯誤的判斷。

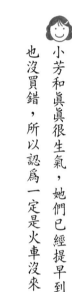

可是我們很難把每一件事都考慮得很周全啊！

是啊，即使思慮再周密的人，也有可能出錯。所以我們應提醒自己想法要開放，不要以爲自己一定沒有錯，否則會很難找出事實的眞相，也容易和他人發生衝突。

如果那班列車有十節車廂，或小芳和真真留意聽廣播，可能就不會錯過火車了吧？

說的沒錯。

曾志朗

談科學思考

人類對自己的腦子知道得很少

（李美綾）

曾志朗，美國賓州州立大學認知心理學博士，研究語文的記憶、閱讀歷程及注意、神經語言學，因成果傑出，曾獲國內外多項殊榮，並於一九九四年當選中央研究院院士。曾任中正大學社會科學院院長、陽明大學校長、教育部長，現任中央研究院副院長。著有科普作品《用心動腦話科學》（遠流出版）。

圖片提供／曾志朗

您是如何開始研究認知科學的？

我在台灣唸的是教育系，教育系裡有一個領域是教育心理學，教育心理學對「認知」這部分非常注重。像我研究的是「學習」，就是在探討語文及資訊的處理，包括記憶的儲存、提取、創新等，並進一步研究腦部是如何進行這些事情。

人類對宇宙的知識懂得很多，對自己的腦子卻知道得很少。例如在閱讀的時候，腦神經內發生什麼變化？這些都是值得探討的。

您做過鳥類語言的研究，它的意義是什麼？

鳥類的語言研究很多人都做過。由於鳥類每年會有新的一代孵化出來，可以在很短的時間內觀察到牠們的世代交替、成功或失敗，所以很適合作爲研究的對象。我當時在美國加州大學柏克萊分校教書，教一門「語言的生物基礎」課程，要帶領學生做作業，其中一個就是觀察鳥的語言。

研究鳥，可以探討很多問題。例如鳥的歌唱需不需要學習？同樣一種鳥，有的居住在乾燥的沙漠附近，有的生活在水邊，食物的多寡也不同。生活條件不同，會影響牠們歌唱的行為嗎？會影響勢力範圍的建立嗎？這些都需要透過研究來解答。

在舊金山有一種很常見的鳥叫作「白冠麻雀」，牠的歌唱很固定也很有趣。我和學生帶著錄音機到處去錄鳥的歌唱聲，帶回來分析，結果發現舊金山北區和南區的白冠麻雀，唱的歌不太一樣。

至於鳥兒能不能分辨這些「方言」呢？我們播放不同的鳥叫聲給公鳥和母鳥聽，觀察牠們的反應。我們還在母鳥身上注射睪丸素，讓牠的腦「雄性化」，使本來不會歌唱的母鳥開始唱歌，發現牠唱的和牠的配偶一模一樣。這些實驗都讓我們對鳥類的語言了解得更多。

人也是生物的一種，要研究人，可以從動物的行為中找到相類似的地方。例如看動物如何認識符號、解決問題、相互溝通，以及如何在成長的過程中學會某些行為，藉此找到演化的基礎，然後把這些現象拿來跟人類的行為比較。

您研究過「北京人是不是左撇子」這個問題，這個研究的意義何在？

現在大部分人是用右手，那我們就要問：我們的祖先是不是也大部分用右手？我們想知道，生活在五十萬年前的「北京人」是不是也跟我們現在一樣？我們到北京周口店遺址收集祖先的手工製品，例如敲擊石塊的痕跡，帶回實驗室分析，結果發現大部分的痕跡都是用右手的人留下的。原來在五十萬年前，人類已經有「右利」的傾向。

用右手的人，很難了解用左手的人的悲哀。用左手的人，必須適應右手的世界，例如用開罐器的時候很彆扭，寫字和吃飯都不順。當我們透過研究了解這些現象，就能體諒「左撇子」的處境，甚至可以協助他們，學習處理成長過程中常有的挫折感，調適別人對他的歧視和壓力。

您如何「找資料」？上網找資料和到圖書館找資料有什麼不同？

找資料是一種好習慣，因爲答案往往就在前人的智慧裡。當我對某一個主題有興趣，我會利用網際網路找出基本資料，例如用Google搜尋引擎查出是誰在做跟這個主題有關的研究，然後再去圖書館找出書或論文來讀，這樣比較深入。

平常多閱讀，累積常識，並建立資料的網路（例如各種百科全書），找東西會更有效率。閱讀時，看看別人怎麼想問題，多看多學，直覺就會變強，因爲在找資料的過程中，往往需要發揮直覺和想像力。

您和您的兒子常常討論問題，您有沒有被考倒過？

這種事常常有。如果我不知道答案，我兒子知道，那就叫他告訴我是怎麼回事。如果我們兩個都不知道答案，又眞的很想知道，就一起想辦法來找答案。也許查百科全書，也許搜尋網際網路，找到了答案，再討論：「這樣有道理嗎？說得通嗎？」

身爲家長，我覺得自己要對求知感興趣，然後再學習怎麼帶領孩子。要是家長有困難，那就得靠老師，帶領學生利用學校的網路和資源去找答案。

穿越思考的迷霧

同學都到網咖打電動，我該跟去嗎？

有人拿走我的近視眼鏡，該怎麼要回來？

為什麼這學期的衛生股長又是我？

是不是學了鋼琴就會變得有氣質？

老是考第二名，就代表比第一名差嗎？

有人犯了錯，應該跟他追究到底嗎？

買樂透彩券，可以買到多大的希望？

我們班的周董不簡單

以機智化解尷尬局面

周祖彥是我們班上人緣最好的同學，我們大家都很喜歡他。他的功課不錯，每次都考前十名，可是他不會死讀書，也不會瞧不起功課不好的同學。好學生都呆呆的，但是周祖彥不會，他很幽默，很會開玩笑，常常逗得大家哈哈大笑。

你可以想像，像周祖彥這樣的人一定有很多女生喜歡他。沒錯！濃濃的眉毛和有一點捲的頭髮是他的註冊商標，雖然他不是很帥，可是卻笑口常開，有幾個暗戀他的女生還偷偷替他取了一個綽號叫「周董」，因爲他酷酷的樣子就跟周杰倫一樣。

雖然我們班的周董很受歡迎，但如果你以爲他很隨和、很隨便，那就大錯特錯了。

有周董在的地方一定有笑聲，不過我發現他自己一個人的時候其實很安靜。例如有好幾次他當值日生，我都看到他一個人提著垃圾去學校後門倒，看他走路的樣子，好像在想什麼心事，那模樣我一直沒忘記，因爲這和平常嘻嘻哈哈的周董不一樣。

可能是因爲周董人緣太好，不管辦什麼活動，只要有他參加，大家就會想跟進；有什麼事，大家也都想找他參加。班上有幾個同學很喜歡去網咖打電動，有一次放學，他們想找周董一起去，周董笑笑的說：「你們去就好了，我打得很爛！」

「哎，就是打得爛，才要多練習。」吳均豪說：「算是給我面子，跟我們一起去，這樣才好玩嘛！」

我看周董明明就不想去，他們還要硬拉他去，眞是無聊！

「我媽媽叫我不要跟愛玩的同學出去玩。」周董還是笑嘻嘻的回答，好像他是媽媽的乖兒子。

「我們才不是愛玩的人呢！」吳均豪說。

「對啊，我也不是愛玩的人啊！」周董一副很無辜的樣子：「所以你們去

就好了。祝你們玩得愉快！」

就這樣，那群人啞口無言，也不再堅持要周董一起去了。

我最佩服周董的一點就是，他不但有原則、不隨便，拒絕別人的時候也不會讓對方覺得難堪。

記得有一次月考的最後一天，因爲只剩下午要考一科數學，大家的心情開始浮躁。中午吃過飯，幾個唸書唸得很煩的同學忍不住，決定要去操場打球「輕鬆一下」。你約我，我約他，眼看著已經有七、八個人要去。

「走啦周董，天氣這麼好，我們去打球吧！」

如果周董答應去，一定有更多的同學也會想去，因爲周董打球一級棒，有他在，更好玩。可是，月考還沒結束耶，現在就去打球，等一下考數學怎麼辦呢？

「不行，沒看到壁報上寫的『業精於勤，荒於嬉』嗎？」只見周董故作正經：「我現在不能『嬉』。」

「哎喲！不要別人講什麼你就聽啦！那麼乖做什麼？」沒想到那幾個人還是不肯放棄。

「是啊！所以我也不一定要聽你的。」周董笑笑的說。

看吧，我們班的周董不但幽默，而且很聰明呢！

（李美綾）

這個周董好酷哦！

是啊！很多人都覺得「只要我喜歡，有什麼不可以。」而且覺得這樣才酷。可是，很多時候我們都是受到別人的影響，而不是眞的在做自己喜歡做的事。

對耶，為什麼會這樣呢？

因爲我們不懂得拒絕別人，或是覺得拒絕別人會讓人難堪，於是只好勉強附和別人的意見囉！久而久之習慣了，看別人怎麼做，自己就去做，還以爲這是自己選擇的呢！

可是拒絕別人，會鬧得不愉快吧？

我們生活在群體中，當然要跟大家保持和諧的關係，但這並不表示什麼事情都要聽別人的。更重要的是培養自己的判斷力，以及和群體溝通的能力。當你懂得如何委婉的表示自己的意見，相信別人也會尊重你的。

阿強練功記

認清正確的因果關係

阿強和小高都是武俠小說迷，兩個人因此成爲好朋友，看到好看的武俠小說一定跟對方分享。阿強尤其羨慕小說裡的各路武林高手，總是可以隨心所欲運用輕功飛天遁地，讀來實在痛快。

「如果可以練成輕功，不知道有多好！」這是阿強的願望，不過小高覺得阿強異想天開，現在怎麼可能有人會練輕功？

但阿強是認眞的。他覺得，要能使人的身體輕輕盈盈飛上天，一定是靠強有力的雙腳起跳。要能跳得那麼高，腿部的肌肉一定非常強健。

「對了！只要有結實有力的腿，不就能練成彈跳自如的輕功了嗎？」阿強認爲這就是輕功的原理，於是他把重重的沙包綁在腿上，每天在樓梯間跳上跳下，希望有一天可以練成輕功。

一天，小高來阿強家，發現他腿上綁著沙包跳來跳去的怪樣子，嚇了一跳，一問之下，知道阿強是在練「輕功」。

「你這樣練習跳多久啦？」小高問。

「快兩個月了！」

「那你現在能跳得比較高了嗎？」

「目前還沒有，可是我覺得腿部肌肉變得更結實了，走起路來更輕盈，我相信總有一天可以練成輕功的！」阿強眼睛亮閃閃的說著。

「雖然現在沒有人知道輕功是怎麼練的，但如果在腿上綁沙包跳一跳就可以練成的話，那是不是只要很用力的把人丟到海水很深很深的地方，就可以學會潛水了？」

「啊？應該不是這樣的吧！」阿強聽得愣住了。

「潛水當然不只是跳到水裡而已，而是要學習調節身體裡的空氣流動，並配合氧氣設備的運用。」小高說：「同樣的，輕功也不只是跳上天而已，小說裡的武林高手，都是氣功、武功，這個功、那個功的一起練了好多年，才能練成輕功，你光練腿，絕對不行的啦！」

「那要怎樣才能練成輕功呢？」聽小高這麼一講，阿強很失望。

「我怎麼知道？我又不會。但我猜想，能夠輕飄飄的飛上天，一定是和人體在空氣中的浮力有關，也許氣功是眞的有那麼一回事哦！我覺得你去學氣功還比較實際一點哩！」小高說。

「哎呀！」阿強突然大叫一聲，跌坐到地上。

「怎麼了？」

「我的腿又抽筋了啦，這個禮拜第三次了！」阿強抱著小腿，痛苦的說。

「其實練肌肉也不是件壞事啦，但是運動過後，要記得按摩小腿，幫助肌肉舒緩壓力和促進血液循環。不然的話，不僅輕功沒練成，要是不小心肌肉受了傷，連走路跑步都不方便，那眞的太不划算了！」

（倪宏坤）

這個世界上到底有沒有輕功啊？

有沒有，不知道，但是就算有，現在也沒人知道怎麼練。阿強是以自己

10kg
10kg
30kg
10kg
10kg

的推測來想像輕功的練法，而這種推測是有漏洞的。

怎麼說呢？

阿強只看到事情的表面，單純的以爲，只要藉由有力的跳躍，就可以在天上自由行進。這乍聽之下好像沒什麼不對，但只要再想想小高所舉潛水的例子，就會發現阿強的想法有問題。既然潛水不是跳下水就能「練成」，那麼跳上天也不可能是輕功的全部內容。

有道理，輕功不只是跳來跳去而已。

對事物的本質缺乏了解，就容易和阿強一樣犯下類似的錯誤，例如早期的社會裡不就曾流行「吃腦補腦」、「喝符水治百病」等觀念嗎？

生命中的一場演講

揭穿自作聰明的謊言

今天一進教室，就看到黑板上寫著幾個斗大的字：「下午第一節上課，全班到大禮堂集合聽演講——『生命中的重要選擇』。」旁邊還有一行特別用黃色粉筆寫的字：無故不聽演講者，記曠課一次。

直到早自習的鐘響了，小明才慢吞吞的晃進教室。他站在黑板前面看了一會兒，轉過身來對大家做了個鬼臉說：「什麼是『生命中的重要選擇』，我告訴你們，那就是打新買的電動！」說完便從書包裡掏出電動遊戲機，兩手開始忙碌起來。

「喂，王小明，老師說不能帶電動來學校！」班長立刻發出了正義之聲，「我要記你名字了，你還是快點收起來，我就當作沒看到。」

「啊，記名字哦，好害怕哦！好啦，收就收。」王小明瞪了班長一眼，一臉不以爲然的走回座位。

他嘴上雖說把電動收起來了，但還是不停的偷偷拿出來玩；數學課，他利用老師背過身在黑板上寫算式時，玩了一會兒；國文課，他又趁老師在發考卷時，痛快的玩了一局。整個上午的課，只見王小明的心已經被收服在那個小小的電動遊戲機裡了。

午餐時間，小明心不在焉的吃著便當，想到下午無聊的演講，心底鑽出了反抗的想法：「我才不要去聽什麼演講咧！不如，趁大家不注意時，溜出去玩！」

下午第一節上課鐘響前，小明趁大家往大禮堂移動、一陣混亂時，從學校後門溜了出去。他又興奮又緊張的奔過了校門前的大馬路，鑽進小巷，七繞八轉，看到那家放學常去的網咖了。

一進店裡，小明發現，平常每部電腦前都會有人，但今天他可早到了！總算可以隨意挑選自己喜歡的位子。和老闆打過招呼後，他立刻上線，繼續昨天未完成的奪寶計畫。沉醉在線上遊戲的他，已經把學校裡的一切丟在腦後，何況是一場演講呢？

隔天，小明照例又遲到了！他大搖大擺的走進教室，啪的一聲把書包甩在座位上，打破了教室中的寧靜。他不知道老師已經來了，正坐在教室後面批改作業。

「王小明，可以請你過來一下嗎？」

他看老師用手推了一下眼鏡，眼鏡背後的眼神十分嚴肅。

「老師，我早上肚子痛。我不是故意遲到的。」他急著爲自己辯解。

「遲到的事等一下再說。昨天下午，你爲什麼沒去聽演講呢？」

這時小明有點慌了，他心想，絕對不能讓老師知道自己昨天翹課，而且還去網咖。

「我有去聽啊！而且我記得林教授的演講很精采呢！只不過後來我坐在角落聽得睡著了，所以不記得他講了什麼。」小明說。

老師看王小明振振有辭，一副理直氣壯的樣子，明知他在說謊，卻沒有證據可以拆穿他。

忽然，靈機一動，老師又問小明：「你在哪裡睡覺啊？昨天場地臨時改在體育館，你躲到哪個角落，怎會沒人看見？」

小明眼睛滴溜一轉，趕緊回說：「我在更衣室裡啊！」

「是側門那間更衣室吧？因爲正門旁的那間是當作來賓休息室。」

「對啊對啊！就是側門那間更衣室。」小明語氣很篤定的樣子。

「不對吧！昨天根本沒有換場地啊！」旁邊的同學想也不想就說出口了。

小明頓時呆住，他知道自己扯謊扯過頭了。

（凌明玉）

咦，老師是怎麼讓王小明露出馬腳的？

老師故意將演講場地更改，如果小明眞的在場聽演講，一定會馬上回答場地沒有換。但是小明不知道昨天的演講到底有沒有換場地，又擔心翹課被發現，就趕緊同意老師的問話，說自己是在側門的更衣室裡。無論他說自己待在哪一間更衣室裡，都表示他承認「昨天換了場地」，也就直接暴露出他是在說謊。

老師這樣問，讓小明無法抵賴了！

當小明順著老師「更改過場地」的說法，承認他人在更衣室裡，謊言就立刻被拆穿了。錯過這場演講，也成了小明生命中最沉重的選擇了。

把我的眼鏡還給我

換個角度想，觀點就不同

教室裡靜悄悄的，坐在前排的阿達又在打歪主意了。他躡手躡腳走近張銘仁桌旁，拿起張銘仁桌角的近視眼鏡，一溜煙跑回自己的座位。他把張銘仁的眼鏡放在自己的抽屜內，然後趴在桌上抖著身體竊笑。

午休結束後，張銘仁起來，摸著桌角找眼鏡，摸不到，又彎下腰，貼著桌腳東摸西摸，就像個老頭子一樣。這一切阿達都看在眼裡，他得意的哈哈大笑，這一笑引來許多同學注意。只見張銘仁皺著眉頭、瞇著眼，生氣的問：「是誰拿走我的眼鏡？」

「你的眼睛看起來好奇怪哦！」沒有人回答張銘仁的問題，倒有人開始取笑他的近視眼。

「哈哈，雖然拿下了眼鏡，臉上還是有兩圈眼鏡的樣子，哈哈哈……」阿達和他的好朋友阿奇捧著肚子笑得東倒西歪。

「一定是你們拿的對不對?」張銘仁瞇著眼睛問阿達和阿奇，可是阿達和阿奇故意裝出一臉無辜的樣子。

「不承認是不是?好，那我就去報告老師!」張銘仁紅著一張臉氣憤的往門口走去，但是因爲看不清楚，還不敢走得太快。他的好朋友阿誠看了，連忙過去攔住他。

「你何必急?那付眼鏡只有你能戴，他們留著一點用也沒有。我看他們只是要捉弄你，尋你開心，你愈急，他們愈開心，更不會把眼鏡還給你了。我勸你不要把這件事當一回事，讓他們自討沒趣，沒多久他們自然就會把眼鏡還你了。」阿誠說。

「可是，沒有眼鏡我看不見黑板上的字啊!」張銘仁擔心的說。

「先想想其他辦法，比如把椅子往前挪、到前排去坐，不然下課我把筆記借給你抄也可以。」阿誠提出建議。

既然生氣也要不回眼鏡，張銘仁決定聽阿誠的話試試看。他裝作若無其事的走回教室，這次不論阿達說什麼，他都忍住氣，不去理他。

過了兩節課，阿達見張銘仁沒動靜，就拿著張銘仁的眼鏡問阿奇：「怎麼辦？要不要還他？他怎麼一副不要的樣子。」

「你急什麼？張銘仁的近視度數那麼深，就算今天下午可以勉強上課，總不能天天如此；而且也不太可能馬上去重配眼鏡。你放心啦，他遲早會來向你要！」阿奇說。

眼看著一整個下午過去了，張銘仁雖然覺得心急，還是努力裝作無所謂的樣子。這下可讓阿達愈來愈緊張了。張銘仁既不生氣，也不來討回眼鏡，那阿達不就等於在幫他保管眼鏡嗎？他幹嘛幫張銘仁保管眼鏡呢？這個惡作劇一點也不好玩。

阿達左思右想，覺得那眼鏡眞讓他坐立不安，於是趁著放學前，他偷偷的把眼鏡放在講台上，然後回家去了。

張銘仁拿回眼鏡了！他鬆了一口氣似的把眼鏡戴上，衝去找阿誠。他們兩人相視發出會心一笑。

（戴淑珍）

這是個惡作劇嗎？

有沒有發現，同樣一件事從不同角度看，會呈現不同面貌？阿達拿走張銘仁的眼鏡，張銘仁本來應該急得跳腳，可是聽了阿誠的建議冷靜下來後，反而讓阿達緊張了起來。阿達以爲張銘仁會來求他還眼鏡，他就可以趁機逞逞威風，沒想到事情的發展不是那樣。

是不是因為張銘仁不在乎的樣子，讓阿達覺得這個惡作劇不好玩？

張銘仁可以用其他方法解決沒有眼鏡的困擾，但是他不能一直沒有眼鏡；阿達可以把眼鏡藏起來，但是他不可能永遠藏著不還。他們兩個人都有優勢，也有劣勢。先不管拿別人的眼鏡對不對，但是在雙方都有顧忌的時候，能夠沉得住氣的人，往往可以取得優勢。

爲什麼又是我？

巧妙的比喻點出事實

阿文又當選了！這是他第三個學期當衛生股長。今天選幹部時，立刻有人提名阿文，而且沒意外，他高票當選了。

「爲什麼又是我？」阿文心裡不太舒服，雖然大家嘻嘻哈哈的向他祝賀，他卻有一種被「陷害」的感覺。

放學後是掃除時間，只見最愛打混的阿杰和正雄草草打掃完，拎起書包就要離開。

「等等，你們掃完了嗎？」阿文看他們那麼快，覺得一定有問題。

「掃完了啊！」那兩個人無所謂的說。

「掃完了要找我檢查才能走。」阿文不放心，不過他不好意思直說。

「好啊，那你檢查一下。」阿杰說：「要快一點哦，我們趕時間！」

三年乙班

於是阿文跑到阿杰和正雄負責打掃和拖地的第四排去檢查。

「你看，這裡還有紙屑。」哼，就知道這些人很混！

「哦，這麼小啊，撿起來就好了。」正雄低頭把紙屑撿起來，不在乎的拿去扔掉。

「嗯……還有，桌子沒有對齊。」阿文站在前面瞄了瞄。

「是嗎？」阿杰也走到前面看：「不會啊，已經對齊過了。」

「我也覺得很整齊。」正雄附和說：「你是說哪裡沒對齊？」

阿文指了指第四張桌子，說：「第四張歪掉了。」

「我覺得沒有啊！」阿杰有點不耐煩，說：「不然你調整給我看。」

於是阿文跑到第四張桌子那裡，小心的把桌子一角往裡面推了一點點。

「這樣就行了。」阿文又說：「不過還有第七和第八張桌子。」

「那乾脆你幫我們調整吧！」正雄說：「反正我們也看不出來到底哪裡不整齊。」

阿文覺得這兩個人在耍賴，但是自己又說不過他們，只好讓他們走了。

唉！每次掃除時間一到，阿文就覺得自己像辛勤的螞蟻到處奔來忙去，不但要等全部的同學打掃完才能離開，而且要是有人隨便應付，他還得收拾善後「擦屁股」，想到這學期又要繼續過這種苦命的生活，就覺得很沒力。

「唉！」吃晚飯時，阿文唉聲嘆氣。

「怎麼了，才開學就這麼累？」爸爸問。

「不是啦。」於是阿文把三度當選衛生股長，還有今天同學賴皮的事情全都說了。

「原來是這樣。」爸爸說：「你爲什麼不要求他們自己完成呢？」

「他們不聽啊！所以我只好自己做了。」阿文很委屈。

「如果你把別人該做的事情都攬下來，替他們完成，他們自然會養成隨便應付的習慣。」媽媽補充。

「難道別人打混也是我造成的嗎？」阿文問。

「這怎麼解釋呢……」爸爸想了想，說：「我問你哦，你們教室裡有垃圾筒嗎？」

「當然有啊！」這是什麼問題？

「那大家都知道要把垃圾丟在哪裡？」

阿文不知道爲什麼爸爸這樣問，只好回答：「丟在垃圾筒裡啊！」

「大家都知道有垃圾就要丟進垃圾筒。」爸爸正經八百的講這句話，聽起來有點好笑。「那麼，如果有苦差事不想做，要丟給誰做？」

「丟給會做的人去做啊！」阿文說完，沉思了起來。

「同學們連續三個學期選你當衛生股長，是不是因爲你讓大家覺得，無論他們有沒有做好，你都會幫他們完成呢？」媽媽說。

「我懂了。」阿文說：「原來，會變成這樣，我也有責任。」

（郭霞恩）

這個爸爸怎麼把兒子說成垃圾筒了？

這個比喻還滿妙的，例如看起來弱小的人容易被欺負，可能不是因爲他們的拳頭或力氣比較小，而是他們顯得勇氣不夠，讓人覺得可欺。像阿文，自己負責任是很好，但老替別人擦屁股，正是縱容別人的開始，也會養成別人不負責任的習慣。

那阿文該怎麼做呢？

衛生股長的責任，並不是自己一個人把全部的掃除工作做完，而是協助全班同學，讓他們能完成自己的掃除工作。爲了協助同學，可能需要花時間和心力跟他們溝通、協調，而這才是擔任班級幹部要訓練的能力！

鏡子國的美醜論

避免以偏概全的錯誤

有個名叫子晏的男子，非常喜歡周遊列國，見識奇風異俗。有一天，他來到一個叫做毛驢國的小國家。這天，他進城後照例找了一家茶樓坐下來，想先觀察來往的人群以認識這個地方。

子晏的眼睛輕輕掃過四周，正想找個人來聊一聊，這時突然有個彪形大漢拉開他旁邊的椅子坐了下來，並且衝著他說話：「小老弟，你好像不是本地人哦！」

「我是第一次到這裡來的。」子晏一看有人主動找他講話，求之不得。

兩人於是天南地北聊了起來。大漢知道子晏去過許多國家，羨慕得不得了，爲了顯示自己也有見識，於是談論起一個叫做鏡子國的國家。

他先問子晏：「有個叫鏡子國的地方你去過嗎？」

子晏沒有正面回答，只稍微點了點頭說：「哦，大哥知道這個國家呀！」

「知道，當然知道！那裡的每個女人滿臉痘子，像大痲花，男人的臉就像銅鑼，總之，就是一個醜字，我看他們該改名叫醜人國才是。」

其實，子晏正是鏡子國的人。他聽到大漢用這樣不實且汙衊的口氣談論自己的國家，便決定給對方一個教訓。

他問大漢：「你怎麼知道鏡子國的人都長得其貌不揚，你去過嗎？」

「我沒去過，但我曾經遇到一個鏡子國的人，長得實在醜，所以猜想他們國家的人一定也很醜。」

子晏於是告訴大漢自己就來自鏡子國，那裡的人個個美麗漂亮，可是一旦去到別的國家，就會變了一個樣貌，這就是鏡子國名稱的由來。

「哦，這麼有趣！那麼爲什麼會變？又都變成什麼樣子呢？」大漢問。

子晏解釋，鏡子國的人民離開自己的國家後，假如碰到一個心胸狹窄的人，那麼他的容貌就會變醜陋。相反的，假如他第一個碰到的人心地善良，那麼他就會保有原來的樣貌。

子晏看著大漢說：「我想，你說的那個人可能第一個碰到的人是你，所以容貌才變醜的。」

乍聽子晏的話，大漢大表不可思議，但沒多久就發現子晏話中有話，於是生氣的說：「我不信，哪有這種事，那你爲什麼沒有變醜呢？」

「那是因爲在遇見你之前，我已碰到一位心地很善良的人，所以才能保持原有的樣子啊！」

大漢一時啞口無言，沒多久就自討沒趣離開了。

（吳梅東）

這個大漢怎麼可以看到一個人醜，就說人家整個國家的人都很醜呢？太不應該了。

這種說法叫做以偏概全，也就是俗話說的「一竿子打翻一船人」。這種情形很常見。許多人常把觀察到的零星現象或事實，擴大解釋爲普遍的現象或事實。譬如我們常把在台灣的一些外國朋友的特質，當成是他們國家人民的特質。假如他表現活潑，我們就認爲他們國家的人都很活潑；假如看到他表現冷漠，我們就認定他們國家的人都很冷漠，這都是一種擴大解釋。

這種說法很不公平。像我們班上有幾個同學曾經跟人打架，結果大家就說我們是「流氓班」，其實根本不是這樣的。

這正是所謂的以偏概全。

可是，不是有句話說「舉一反三」嗎？聽起來和以偏概全似乎很像？

不一樣。舉一反三的意思是，當我們看到一張桌子有個腳是圓的，那麼可以推測其他三個桌腳也會是圓的；但假如繼續說「所有桌子的桌腳也都是圓的」，就會犯下擴大解釋的錯誤了。

乞丐與熊掌

單一事件不足以下結論

陳國有一個鄉下人拉了一車梨子去市集上叫賣，又大又甜的梨子吸引了不少人，鄉下人便把價錢抬得很高。這時，有一個衣衫襤褸的乞丐走到梨車前，向鄉下人乞討。鄉下人大聲喝斥他，但乞丐就是不肯離開，鄉下人很生氣，便破口大罵起來。

乞丐說：「你一車梨有好幾百顆，我只吃一顆，對你不會有什麼損失，爲什麼要發這麼大的火？」

鄉下人不客氣的嚷嚷著：「一顆梨一文錢，一文錢可以買半個饅頭，或是一碗甜湯，就是因爲你不會計算才只能當個臭乞丐！」

圍觀的人紛紛勸鄉下人給乞丐一顆梨，讓乞丐離開，可是鄉下人執意不肯。乞丐看鄉下人這麼固執，也只好拍拍屁股，拎起地上的一隻熊掌，準備轉身離去。

鄉下人見了乞丐手中的熊掌，眼睛一亮，立刻叫住他，質問他那熊掌是不是偷來的？

「你還沒聽說嗎？」一旁圍觀的人七嘴八舌的告訴鄉下人。原來兩天前乞丐爲了避雨，躲進一個山洞裡，沒想到正好發現裡面躺著一隻奄奄一息的大黑熊。乞丐等黑熊嚥了氣，就割下一隻熊掌烤來吃，然後將另外一隻熊掌帶到市集來，想找人換一餐飽飯。聽乞丐描述熊掌的美味，說是一生吃過最好吃的食物呢！

「哼，這個乞丐眞傻！」鄉下人心裡想：「大黑熊的全身都値錢，乞丐只取了兩隻熊掌，卻丟掉了可以製作衣物的毛皮、可以泡酒的熊膽，眞是不識貨！」鄉下人又轉念一想：如果能知道那隻熊藏身的洞穴，自己守在洞口附近，只要等其他的熊進洞，再抬到市集來賣，那豈不是大發利市？這樣以後就不必辛苦的種梨、摘梨，再大老遠拉著梨車到市集上叫賣了。

於是鄉下人笑嘻嘻的跟乞丐打商量，要用整車的梨子和他交換洞穴的正確位置。乞丐覺得很划算，兩人便開心的完成了這筆交易——乞丐得了整車的梨子，大方的分給所有圍觀的人吃；鄉下人則依著乞丐畫給他的地圖到森林裡去，尋找死熊藏身的洞穴。

後來發生了什麼事呢？

從這年以後，市集裡再也沒聽過鄉下人叫賣梨子的聲音，也沒看過他帶著熊掌、熊肉或熊皮到市集裡來。有人說曾見他天天守在那洞穴邊，卻什麼動物也沒看見，每天摘食野果裹腹，人變得又瘦又乾，家人勸他回家，他也不肯離開。

還有傳言說，鄉下人家裡種的梨樹，因爲疏於照顧，隔年長出來的梨子又小又酸，根本賣不出去。他的妻子因爲沒有收入，生活困難，最後也只好離開他了。

（許玉敏）

守著洞穴真的可以等到熊嗎？

黑熊生病的時候，的確會找個洞穴躲起來休息，但這不是黑熊固定活動

的地方。森林裡有許多地方都可以讓黑熊躲藏，守著其中一個洞穴等黑熊出現，成功的可能性非常小。

既然等到大黑熊的機會很小，鄉下人怎麼這麼笨，還拿一車的梨和乞丐交換地圖？

其實我們自己也可能犯類似的錯誤呢！

有時我們因爲偶然的機會，得到一次意外的收穫，就以爲只要依循同樣的規則，還可以再次獲得想要的東西。例如有人在某家彩券行買彩券中了頭獎，人們就以爲這家彩券行特別旺，來這家彩券行買彩券，中獎的機率比較高。

由於我們對事物的變化規則不求甚解，卻又不知變通的守住這些規則，到最後難免失敗。其實世事不斷變化，沒有恆久不變的規則，很少能僅憑一次的成功，就可以拿來一再複製。

那乞丐算不算是佔了便宜？

乞丐拿熊掌到市集來，是爲了換得一餐溫飽；後來得到整車的梨子，還大方的與眾人分享，由此可看出他並不貪心，也懂得分享和知足。反而是鄉下人凡事斤斤計較，不但只顧眼前的利益，還想不勞而獲，最後卻吃了大虧！

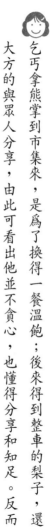

誰都希望像公主一樣

直接點出想法的漏洞

最近大家都在討論五年六班的轉學生李若雲，因爲他不但長得帥、功課好，而且很有禮貌，氣質好得不得了！別說好幾個老師稱讚過他，還有女生把他當成偶像呢！

「這都是因爲他學鋼琴的緣故！」佳慧從五年六班那裡打聽到，李若雲已經通過鋼琴的三級檢定考試，簡直就是「鋼琴王子」！

「好像上才藝班的人氣質都很好哦？」小英說。大家聽了都點點頭表示附和，因爲她們班的王秀雅也是從很小的時候就開始學芭蕾舞，舉手投足之間充滿了公主般的優雅，五年級有很多男生都暗戀她呢！

「『李若雲』，這個名字聽起來就很有氣質，再加上參加才藝班，氣質果然不一樣。」佳慧感嘆的說。

說起才藝班，大家的話匣子就打開了。才藝班是放學後額外的補習，大部分的人都是學長笛、鋼琴或小提琴，不過也有人沒上才藝班，小英就是其中之一。

小英的爸媽不希望小英有太重的課業負擔，所以只讓她去補習數學和英語，但最近小英忍不住想，可能就是因爲她沒上才藝班，所以氣質跟人家差一截！更不要說她這個俗到不行的名字「王秀英」了。和同學一陣熱烈的討論後，小英也想請爸媽讓她去學點才藝，既然名字是爺爺取的沒辦法改，那學點才藝讓自己更有氣質一點，也算是後天的補救吧？

放學回家後，小英跟爸爸媽媽說自己也想去上才藝班。爸爸問她想學什麼？小英想到最近大家都很熱衷的鋼琴，於是就說自己想學鋼琴。

「要學鋼琴可以，不過小英，妳有時間練習嗎？」媽媽說。

「練習？應該有吧！」小英說。

「不管學習什麼技藝，都必須不斷的練習才會熟練、進步；如果不練習，很快就會忘記。」爸爸說：「如果妳學鋼琴，每天都要練習一個小時以上。」

媽媽發現小英對所謂的才藝有些迷惑，於是問她：「妳是眞的想學鋼琴嗎？」

小英不知道。其實她只想變得有氣質而已，於是她把大家在學校討論的事情跟爸爸媽媽說。

「原來是這樣……那妳覺得美眞有沒有氣質呢？」爸爸問她。小英點點頭，美眞是她的好朋友，就住在她家樓下。

「可是美眞沒有上才藝班。」媽媽接著說：「妳看，不上才藝班，一樣可以很有氣質。」小英想想，美眞既沒有學音樂，也沒有學舞蹈，只是很喜歡看書，一有空就拿起書來看。

「我們在日常生活中所接觸到的人事物，更容易影響氣質，跟上才藝班沒有絕對的關係。」

「可是很多人都上才藝班，我都沒有！」小英覺得自己眞不如人。

「媽媽贊成妳學習不同的才藝，但聽起來妳並不是眞的對學鋼琴感興趣。」媽媽反問她：「就算學鋼琴可以培養氣質，也要花很多心力投入才行，妳願意嗎？」

「如果妳不是自己有興趣的話，學了不久就會想放棄的。」爸爸說。

小英無話可說了。

（吳書綺）

小英覺得「上才藝班會變得有氣質」，這樣難道不對嗎？

在才藝班中學習美術、音樂、舞蹈，可以陶冶身心，的確能培養氣質。但是小英認爲「上才藝班才能變得有氣質」，這就不見得了。爸爸指出了這個想法的漏洞，告訴小英，有些人不上才藝班，也能培養氣質，像喜歡看書的美眞，就是很好的例子。

所以說，培養氣質，不一定要花大錢去上課。

沒錯，其實氣質是在無形中潛移默化而來的，通常會受到生活環境的影響。與其花錢去上才藝班，不如先從生活中所接觸到的人事物去學習，效果可能更大哦！

李斯與韓非的龍虎之爭

排名不是絕對的標準

戰國時代的李斯和韓非是同班同學，他們都在荀況的門下，學習如何協助帝王管理國家。這兩個人的天資都很聰穎，都是荀況得意的門生，但是荀況特別喜歡韓非。

其實韓非有口吃的毛病，情急的時候話總是說不清楚，但是他的學問很好，無論兵法、劍法、統御學或帝王學，各門學科都名列前茅，而李斯卻始終屈居第二。

拜師三年，李斯和韓非終於都學成下山。李斯前往秦國，投入呂不韋的門下當食客，後來有機會晉見秦王，受拜爲長史，擔任幕僚的工作。秦王聽從他的計謀，施展了各種策略，讓六國諸侯各懷鬼胎、互不信任，到最後被秦國各個擊破，秦國的勢力也就扶搖直上，攀上巔峰。

正當李斯被提升爲客卿，官運亨通時，秦王卻下了驅逐外來客卿的命令。原來當時有個韓國人名叫鄭國，受命爲秦國修建渠道，但是耗費了龐大的人力和物力，遭到許多秦國宗室成員的批評。

秦王因此決定對非秦國人的官員下達逐客令，李斯也遭到牽連，失去了長史的官銜。

在丟官棄爵之後，李斯心中憤慨不平，於是寫了《諫逐客疏》一文來反駁秦王的決定。這篇文章寫得氣勢磅礴，胸廓四海，文采飄然，也讓秦王深受感動，後來就廢除了逐客令，並拜李斯爲丞相。隨著秦國的日漸壯大，李斯也成爲各國中權力與名氣最大的宰相了。

但是李斯始終覺得不滿足，因爲在他心中，永遠有個第一名的韓非，是他的勁敵。

秦王嬴政讀到韓非所寫的《孤憤》、《五蠹》、《內外儲》、《說難》等論政著作，很想認識韓非，居然下令攻打韓國，要韓王交出韓非。

秦王對韓非的賞識讓李斯感到極爲不安，因爲李斯認爲這位同窗多年的老同學功課好、又會寫書，能力肯定比自己強，如果來秦國，一定會威脅到自己的地位。在幾經猶豫之後，他決定要在秦王還來不及重用韓非之前，就先殺了他。

於是李斯對秦王說：韓非是韓國的公子，但他在韓國並不得志，因爲韓王認爲他只會談理論，不懂得變通，說話又常得罪人。

李斯還向秦王分析其中的利害關係，讓秦王對韓非產生警覺：「韓非是個愛國的人，如果大王要合併六國，韓非一定會回去保護韓國，像這樣的人是不可能死心塌地的爲秦國賣命的。但如果不用韓非，放他回韓國去，未來對秦國也會造成危險，不如現在就將他殺死，永絕後患！」

於是可憐的韓非就這麼不明不白的死在秦國的大牢裡了。

韓非死後，只留下許多精采的著作，他對韓國、秦國或其他國家，都沒有實質的貢獻；相反地，李斯卻在接下了秦國的相印後，跟隨著秦王嬴政東征西討，並先後滅掉了韓、趙、魏、楚、燕、齊六國，可以算是成就了一番大事業。

（許玉敏）

後人對李斯和韓非這兩個老同學的評語總是：「李斯認爲自己的才智不如韓非。」

李斯真的不如韓非嗎？

求學的時候，李斯的表現的確不如韓非，他再怎麼努力用功也只能考第二名。但是，後來李斯的辯才、文采和謀略都獲得秦王的肯定，也協助秦王一統天下。如果換成是口吃的韓非，就算盡情展現才華，恐怕也無法超越李斯。

可惜的是，李斯因爲恐懼和沒有自信，將韓非害死了，沒有給韓非和自己公平競爭的機會，更在史書中留下了他最不願意看到的「李斯不如韓非」的紀錄。

考第一名就代表「最優秀」嗎？

考第一名的確是用功努力的結果，但是「優秀」的人有很多種，不見得能用名次來衡量。例如有些人的數學不是很好，但是圖畫畫得很好、有很好的人緣、很會唱歌，或是個運動健將……這些都是優秀的表現。如果李斯能肯定自己的才華，不因爲考第二名而耿耿於懷，或許也不會狠心害死韓非了。

都是別人的錯？

反話提醒夢中人

「太過分了！」

星期五晚上，阿傑從新竹搭車回家，才進門就聽到老爹在發脾氣。老爹坐在客廳沙發上，怒氣沖沖。大嫂則在旁邊站著，一臉無奈。

「怎麼了？」阿傑放下行李。

「哼！正雄不能這樣被人欺負。」老爹說。

阿傑還是沒搞清楚，只好問：「正雄人呢？」

「在房間裡。」大嫂，也就是正雄的媽，指著房間的方向。

阿傑推開房門，立刻聞到濃濃的藥水味。

「正雄，你怎麼了？」正雄的左臉包著一塊紗布，仔細一看，手上和腳上也都有傷。

「你該不會跟人打架了吧？」阿傑問。

「沒有啦！我……我們跟隔壁班的同學打籃球，打到一半，對方犯規，可是他們死都不承認。」可能是傷口痛的緣故，正雄說話斷斷續續的：「結果啊……起了衝突，大家推來推去，隔壁班有個叫余國豪的高個子，從背後推了我一把。」

阿傑從上到下打量著正雄的傷口，此時老爹走了進來。

「正雄，那個余國豪家裡電話幾號？」老爹說：「快幫我寫下來，我要找他的家長。」

「他是隔壁班的，我不知道他的電話幾號。」正雄說。

「那你把你們導師的電話號碼給我，我來問導師。你們導師一定知道怎麼聯絡余國豪的導師……反正我一定要找到他！」

「何必那麼生氣呢？學生打球受傷是常有的意外。」阿傑說。

「意外？你看清楚，正雄被人傷成這樣！手腳都擦破了不說，臉也劃傷了，搞不好會破相呢！我看那個什麼余國豪一定是個流氓，我非要討個公道不可！」

正雄從聯絡簿裡找到導師的電話號碼，雖然有點遲疑，還是把號碼抄在紙上，遞給爺爺。老爹拿了，立刻去打電話。

「喂，你是林老師嗎？我是倪正雄的爺爺，我的孫子被你們隔壁班的流氓打了……」老爹開始向導師敘述整個過程，電話那頭似乎沒說什麼話，因爲老爹一直說個不停。

「下星期一再處理？不行！」老爹大聲的說：「麻煩你幫我問到對方的電話號碼，我今天就要聯絡他的家長！」

電話的那頭似乎很爲難，但是老爹可不管。

「您就別爲難老師了。下星期一到學校再處理吧！」阿傑插嘴說。

「不行！」老爹對阿傑說，然後又繼續講：「林老師，麻煩你幫我問到電話號碼，最好連地址也給我，我晚一點再打給你。」說完，掛上了電話。

「打球你推我擠是難免的，受傷也不重，我看就算了。」大嫂說。

「怎麼行！要是不追究，他們還以爲我們好欺負呢！」老爹說。

阿傑好不容易可以休個兩天假，回家卻遇到這樣的事，想了想，想到一個辦法。

「老爹，您眞想追究到底？」阿傑問：「那乾脆我來幫您想辦法。」

「你有什麼辦法？」

「既然要追究，就要澈澈底底。」阿傑說：「等一下我們去醫院開驗傷單，然後找齊所有看到正雄被推倒的證人。」

「沒錯，要有足夠的證據。」

「接著要求對方家長道歉，賠償醫藥費。」

「這是應該的。」

「醫藥費賠得太少，就找律師告他們。連隔壁班的導師也要告，誰教他不管好學生！」

「說的對。」這點老爹倒還沒想到。

「我們不能善罷甘休，這樣以後正雄的同學才不敢欺負他。」阿傑故意用斬釘截鐵的語氣說：「以後正雄打球，看誰敢不讓他；正雄走在路上，看誰敢擋著他。識相的人就知道一定要離正雄遠一點，因爲我們家是可以爲一點小事不惜任何代價來計較的！」

老爹聽到這裡，不說話了。

（郭霞恩）

8
9
5
2

阿傑在講「反話」嗎？

可以這麼說。阿傑看老爹執意要追究，聽不進勸告，於是用間接的方式表達：表面上順著老爹，好像贊成老爹的做法，但最後的結論卻讓老爹自己發現，他的做法雖然可以保護正雄不被同學欺負，但也會同時讓正雄失去朋友。

為了討「公道」，讓正雄失去朋友，這樣不值得吧！

就是因爲阿傑講得誇張、荒謬，才讓老爹領悟自己的做法會有問題。當人們無法接受別人直接的提醒時，或許就可以講反話來說服他。

承載夢想的樂透彩券

僅憑空想難以成功

自從樂透彩開賣以來，阿明就很想買，但是他的薪水都交給了老婆阿嬌「管理」，而阿嬌始終反對買彩券。

「拜託！一張彩券五十元，要是中了頭獎，我們這輩子就什麼都不用做了。」阿明一直想說服她。

「五十元也是錢，可以買一個便當呢！而且又沒保證中獎，哪裡划得來？」阿嬌認爲沒把握的事情還是別做的好。

不過呢，最近阿嬌開始對彩券心動了。自從去年底生了孩子，日夜照顧讓她睡眠不足，平時又缺乏保養，她發現自己老了好多，而且工作辭了以後，也沒有餘錢買漂亮衣服了。

「要是能中個幾萬元也不錯。」有一天，阿嬌看電視在報導樂透彩開獎，若有所思的說。

阿明看阿嬌似乎心動了，便逮住機會遊說：「是啊，雖然買彩券不一定會中獎，但是不買的話，就一定不會中獎！」

「是嗎？那要怎樣才容易中獎呢？」阿嬌眞的心動了。

「多買幾張，中獎率不就提高了嗎？」

於是夫妻倆拿出存摺來，認眞的數算了手頭的錢，討論了半天，決定拿三千元出來，由阿嬌負責去買。

阿明也沒閒著，他在住家附近兜了一大圈，蒐集了房屋廣告傳單，心想：「中了頭彩，立刻帶阿嬌和孩子去看房子！」

也不知道是不是因爲彩券的關係，阿明一回到家，就覺得家裡氣氛不一樣。那是帶有一點歡樂、而且充滿希望的感覺。阿明到房間看看兒子，覺得兒子也比平日可愛多了。

「彩券呢？」阿明有點心急。

「我收起來了。」阿嬌正在煮菜，一臉笑意的說。

「就算沒中頭獎，二獎也不錯。」

34
17
21
35
25

「二獎也有好幾百萬呢！」阿嬌說：「我們可以買房子。」

「這我早就想到了。」阿明拿出一疊房屋廣告傳單，阿嬌看了眼睛一亮，兩個人興奮的一邊吃飯，一邊翻閱。

「你看這個按摩浴缸，用起來多舒服！我要在浴室裝一個。」

「沒問題！」阿明慷慨的說：「我要買一輛賓士車，停在自己的車庫。」平時阿明連摩托車都常常找不到位子停。

「對了，我們還可以請佣人來煮飯、帶孩子，這樣我就可以去逛街了。」阿嬌說。

「好啊！」阿明愈想愈樂，「要請菲佣、泰佣都可以，最好多請幾個，到時候我們連洗澡都不用自己動手呢！」

「叫菲佣幫你洗澡？」阿嬌突然想到，聽說有人家裡請外佣，結果卻被丈夫看上……這怎麼行！

「我就知道，男人都一樣，有了錢就想作怪！」阿嬌想到自己年華老去，早晚丈夫一定會看上別的女人。「我才不讓你稱心如意！」

說著，她走到神桌前，把桌上的一整疊彩券拿起來，再拿起打火機，又氣又傷心的說：「我要把它燒了！」

「喂，妳不要鬧了！」阿明連忙把彩券搶過來。這六十張彩券可是他未來的希望啊！

阿嬌搶不過阿明，氣得跑進房間哭，但是阿明不理她。

開獎節目快開始了，阿明打開電視等著開獎，爲了怕阿嬌衝出來胡鬧，他把彩券緊握在手中。

「歡迎大家收看今晚的開獎節目，祝各位幸運中大獎。」主持人說。

就在這時，阿明聽見阿嬌悄悄的打開了房門，顯然她也不想錯過開獎。

「開出的第一個號碼是……十三號！」主持人興奮的大喊。沒想到竟然開出一向被認爲代表厄運的十三號。

「第二個號碼是……」隨著號碼一個個開出來，阿明快速的翻看彩券上的數字，他的臉脹紅著，心情從緊張轉爲憤怒和沮喪。

那六十張承載著夢想的彩券在幾分鐘內化成了廢紙。

（郭霞恩）

這對夫妻的彩券都還沒中獎，怎麼就先吵起來了呢？

爲了還沒確定的事情空想，或是把它當眞，到頭來只是一場空。如果爲了這種事起衝突，甚至造成感情失和，不是很沒意義嗎？

不過，買彩券就是要懷抱希望不是嗎？

對未來懷抱希望和憧憬是很好，但如果做事時不切實際，只想碰運氣，對現實是沒有幫助的。

王邦雄 談修養智慧

讓聰明才智發揮最大的光彩

（李美綾）

王邦雄，中國文化大學三研所（哲學組）博士，精研儒家、道家與法家思想，對儒、道兩家的生死智慧及超越之道深有體會。曾任教中國文化大學、中央大學、淡江大學，亦常於民間講學，活用經典，論述不輟。給年輕讀者的作品有《活出自信活出愛》（幼獅出版）、《人生是條不歸路》（聯經出版）。

圖片提供／王邦雄

您認為什麼樣的人才算聰明、有智慧？

聰明就是一般人說的ＩＱ，代表理解力、創發力、想像力，聰明的人可以在短時間內發揮最大的學習效果，理解各門學問的奧妙，達到專精。聰明必須通過後天的學習才會發光；要是不學習，聰明就只是一個可能性、一種潛力而已。

人的才情和氣魄都是天生的，但是才情會過去，氣魄會散掉。才情要靠學習才能長久，氣魄要靠立志才會凝聚，而變得崇高。一個有智慧的人會覺悟到，自己的才情氣魄必須透過向學和立志，才能在人世間發光發熱，變得更爲長久、崇高。因爲人就是要找到一生中不會衰老、壞掉的東西，而學問不會衰老，志向也不會老。

我們可以把聰明才智看成「命」，也就是遺傳基因。聰明才智在哪裡，就去走那條路，因爲喜歡，才會長久。如果天生喜歡文學，卻因爲理工熱門而去唸理工，那就沒有智慧了。

如何成為有智慧的人？

智慧是經過後天的閱歷、考驗、覺悟和體會而來的。人生的經驗和現象都是「食物」，需要理解和消化才會化成成長的養分。如果沒有理解，就會成爲心頭的負擔、人生的難關。通過理解而化解掉，才能解開死結，走出難關。

例如生死的問題，中國人認爲透過生兒育女，人能永遠不老，因爲兒女是代表自己再過一生，這樣代代綿延，使人得以在世間永生。中國人突破生死的奧祕就在此！對人間社會、後代有貢獻，使自己的生命變得有意義，才是對死亡的突破。

又如競爭的問題，一心只求打敗別人，是把聰明才智做最壞的運用。反之，能讓聰明才智發揮最大的光彩，造福社會或後代，才是智慧。哲學家羅素說，人類有「佔有的衝動」及「創造的衝動」。佔有的衝動就是「我當總統，別人不能當。」創造的衝動則像愛迪生發明電燈，爲世界帶來光明。

全世界我跑最快，突破人類體能的極限，爲這個而跑，是智慧。如果跑第一只是爲了把別人比下去，把自己的勝利建立在別人挫敗的基礎上，那就是沒有智慧。天生跑得比別人快，有什麼了不起呢？成功了，能將榮耀與大家分享，才是智慧。

要增進智慧，可以多讀經典，經典教我們體會人生的道理。經典是立身處世的最高依據，讓我們建構自己的價值觀和世界觀。

您認為人性有弱點嗎？如何看清或克服？

我認爲人生有三關，就是孔子說的：君子有三戒，戒之在色，戒之在鬥，戒之在得。「戒」就是難關，要過關得靠智慧。

少年血氣未定，容易被青春美色所迷惑，這時要立志向學。中年血氣方剛，想佔有名利權勢，這時要學習與人共成、共享，因爲鬥應該是良性的競爭，而不是惡鬥。老年血氣已衰，名利權勢都沒有了，只想抓住不放，拒絕退休，這時要看開，覺悟到「得」不必在自己的身上，要把事業給兒子媳婦，把青春給孫兒女。「一念迷，佛是凡夫。一念覺，凡夫是佛。」在每個人生的關卡有所覺悟，就是智慧。

對您個人影響最深的哲學思想是什麼？

對傳統中國讀書人來說，我們既是儒家，又是道家。儒家講的是人性的愛，道家講的是「無」的智慧，講的是人生困苦的化解。

儒家認爲人性本善，而且要修養才學志氣，才能實現人性最高貴的愛。然而愛往往具有高貴、神聖性，容易變成負擔。例如大男人的威權、父母的威權、政府的威權，雖然是從愛出發，卻帶來後遺症，壓迫到別人，使所有的好都變成不好。莊子說過，爲什麼世間會有桀、紂這樣的暴君？因爲他們想當堯、舜。所以我們會看到，想救中國的人，經常變成中國的苦難；想愛台灣的人，經常變成台灣的苦難。

這種愛的高貴和神聖可以由道家來化解，因爲道家強調「絕聖棄智」、「絕仁棄義」。通過道家，能解開儒家所帶來的後遺症。

過去我顯然是很孔孟的人，想救中國，但後來講的老莊愈來愈多。當我發現自己的理想對別人來說是壓力，就學會放開，不要成爲別人的負擔。

深度思考人生

心愛的東西不見了，為什麼要恭喜我？

長得難看也是一種幸福？

為什麼問同樣的問題，老師會給不同的答案？

做人應該講道義，犧牲利益也無所謂嗎？

有可能愛陌生人如同愛自己的家人一樣嗎？

遇到不喜歡的人，要怎麼跟他們相處？

算命師說我好命，我是不是不必努力了？

失而復得的寶馬

老子看禍福相伴而來

從前有個老翁養了一匹馬，這匹馬不僅長得高大健壯，而且跑得非常快，就像在飛一樣。不管是誰看到這匹馬，都會發出衷心的讚美：「啊，眞是一匹漂亮的神駒呀！」

這匹馬非常聰明且聽話，每天都會在老翁家附近的草坡上吃草，到了黃昏就自動回到馬廄。有一天，這匹馬照舊在草坡吃草，這時天空突然發出可怕的打雷和閃電，馬兒一時受到驚嚇，驚慌失措的狂奔起來。由於雷電的聲音實在太大，加上馬兒奔跑的速度太快，任憑看馬的僕人怎麼大聲呼喊牠，馬兒還是往前直奔，最後消失在草坡的盡頭。

馬兒跑掉後，僕人非常害怕，他心想老翁一定會狠狠責罵他，甚至把他開除。但奇怪的是，當僕人向老翁報告這件事，老翁卻很平靜的說：「馬兒跑了就算了，說不定還是件好事呢！」

雖然僕人聽不懂老翁話中的意思，但至少老翁沒有責怪他失職，讓他鬆了一口氣。

過了兩天，僕人正在馬廄打掃時，突然聽到一陣熟悉的馬蹄聲。原來，馬兒回來了，而且身邊還跟著一匹同樣美麗的馬；兩匹馬頭頸相交，一副恩愛的樣子。

僕人見狀，立刻飛奔向老翁報告：「主人，主人，好消息！我們的馬兒回來了，而且還帶回一個伴呢！」

沒想到老翁聽到這件事，和先前一樣沒有特別的表情，只說了一句：「回來就好，但天曉得會發生什麼不好的事呢！」

過了幾天，老翁的兒子騎馬出去，卻不小心從馬背上摔了下來，而且摔斷了腿。家人都很擔心，老翁卻若有所思的說：「這或許也不是件壞事！」

老翁兒子的腿傷復原情形很不好，他很擔心這輩子好不了了。就在這時候，國家發生了戰爭，軍隊到處拉人入伍，只要看到年輕的男子就直接抓去當兵，老翁村子裡的男子也不例外。

看著鄰居同伴一個個被抓去當兵，老翁的兒子突然很慶幸自己這時候的腿傷還沒好。

戰爭持續進行，那些被抓去當兵的人也陸續傳來陣亡的消息，村子裡常常可以聽到老父老母哭泣的聲音。由於老翁兒子的斷腿始終沒有好起來，所以他一直陪在老翁身邊，直到終老。（吳梅東）

這就是「塞翁失馬」的故事。所謂「塞翁失馬，焉知非福；塞翁得馬，焉知非禍」。

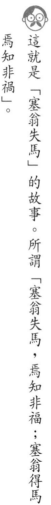

什麼非福又非禍？好事就是好事，壞事就是壞事，怎麼好事會變成壞事，壞事又變成好事呢？愈聽愈迷糊了。

事情本身並沒有好壞之分，就看你是從哪個角度看它，或者是從哪個時間點來做判斷。往往一件事情的發生，在當時看起來好像是好的、令人高興的，但是隔一段時間再來看它，說不定它就變成不好了。

聽起來好像有點道理，就好像我有一次吃了好多的巧克力，吃的時候很開心，可是過沒多久，醫生就告訴我蛀牙了，是不是這樣呀？

是呀，很多事情都同時包括正反兩面，我們卻往往只看到其中的一面，而忽略了另外的一面。這就好像太陽底下一定會有陰影，但大家常只看到耀眼的陽光，卻忽略背後的影子。

可是這樣一來，碰到好的事就沒什麼好開心的，因為還要想到可能有不好的事發生，這樣多沒趣呀！

高興還是可以高興，但不要得意忘形，就像有人中了樂透彩，卻因爲興奮過度而引發心臟病。喜事變悲劇，那就大不幸了。

相反的，碰到不如意的事也不用完全絕望，把遇到的壞事當作一種教訓，或是換一個角度思考，這樣子好事自然就跟著來。

哦，難怪大家都說失敗是成功的媽媽。

是「失敗爲成功之母」。總之，對任何事都不要得失心太重，以平常心看待就行了。

歪長的樹木竟是寶

莊子見無用是大用

有個老樵夫死後留給兩個兒子各一座山林，大兒子搶先選了西邊的那座山，東邊的那座山於是歸屬老二。

「哈，還好是我先選，不然我們就吃虧了。」老大得意的對老婆說。

「爲什麼？老二那片林子裡的樹好像比較大，我還想怪你選錯了呢！」

「妳們女人家哪裡懂！我告訴妳，老二林子裡的樹雖然比較大，但全都長得歪七扭八的，根本是沒有用的樹；而我們林子裡的樹，每棵都長得又挺又直，可以賣到好價錢。」老大眉飛色舞的說著。

就這樣，老大每天上山砍樹，砍下來的樹就賣給木材商。事情也果然和他預料的一般，每棵樹都賣得好價錢。老大每天都快樂的上山砍樹，可是有一天，他從山上回家後就生起病來，而且病得不輕。一連幾天，老大請了幾個大夫來看病，但大夫開的藥方都是一些珍貴的藥材，不僅價錢昂貴，而且不易取得。

「唉，怎麼辦，沒想到現在有錢了，卻得到這個怪病，有錢還買不到藥材。看來，我是活不久了。」

聽到大哥生病的消息，老二特地前來看望。正在開藥方的大夫看到老二手上拎的東西，突然擊掌大笑，對老大說：「恭喜你！你有救了。」原來，老二帶來的東西正是一直買不到的珍貴藥材！過沒多久，老大的病痊癒了。他特地去找老二道謝，還打算向老二懺悔。

「小弟，謝謝你，要不是你，我這病可能好不了。還有……對不起，我當年不該把好的林子先搶走。」老大支支吾吾的說著。

「大哥，我才要謝謝你把這麼好的東西留給我呢！」

「這話怎麼說？」

「你不知道嗎？我的林子裡有很多珍奇的動物和植物，以及罕見的藥材，每一樣都能賣到好價錢呢！我那天帶去給你的東西，就是從林子裡採來的呀！」接著，老二把山林裡的寶貝一樣一樣說給老大聽。老大聽了，真不敢相信自己的耳朵，他萬萬沒想到，當初他認爲一無是處的山林，實際上卻是個寶庫。

（吳梅東）

奇怪，為什麼老大認為沒有用的山林，到了老二手中卻成了寶呢？

有用或沒用，要看你從哪個角度看它。老大一心把山林裡的樹看成是可以做成各種傢俱的材料，所以長得不好的樹對他來說當然沒有用啊！

我知道了，老二林子裡的樹就是因為長得不好，沒被砍伐而完整保留下來，反而引來許多動物，還長出許多珍貴的植物。

這道理就和神木是一樣的。你注意看看，那些神木之所以能存活千百年，是因爲在樵夫或木材商的眼中，它們都是沒有利用價值的，所以才能逃過斧頭和鋸子的傷害，成爲我們今天看到的神木。

真沒想到神木原來曾被當成「沒有用」的樹。

再問問你，你見過油桐花嗎？覺得它們美嗎？每年四、五月客家村的油桐花開，到處都擠滿了賞花的人潮呢！可是那些滿山遍野的油桐花，卻是過去被棄置不要的。當初人們種植油桐樹是爲了抽取桐油，後來桐油的價格不好，農夫就任憑它們在野外自然生長，也才有今日的桐花林。

還好當初這些油桐被認為沒有價値，要不然，大家就沒有美麗的油桐花可以欣賞了。

當時種下這些油桐的人一定沒想到，油桐花竟然可以吸引這麼多的賞花客，還帶動當地的經濟繁榮呢！

用不同的方式教導不同的人

孔子因材施教

孔子三歲時父親就去世了，爲了生活，他小小年紀就幫人看管倉庫、放牧牛羊。生活雖然貧苦，但他立志向學，二十歲左右就以博學著稱。

孔子三十歲時開始講學，子路、伯牛、冉有、子貢、顏淵等是較早的一批學生。在孔子之前，知識由官府壟斷；孔子開創私人講學，打破了「學在官府」的傳統，使得平民百姓都有機會上學。春秋、戰國時代，諸子百家興起，就是從孔子私人講學開始的。

孔子先後教過三千多名學生，其中較有成就的有七十二人。有些學生幾乎終生陪伴著孔子，簡直比父子兄弟還親。他教導學生是「因材施教」，同一個問題，對不同的學生可能有不同的教法。

有一次，子路問孔子：「聽到了一種主張，是不是應該馬上去做？」

孔子回答：「你父親、哥哥都在，怎能不問問他們，就貿然去做！」後來冉有也問了同樣的問題，孔子卻回答：「就去做啊！」公西華很困惑，對孔子說：「子路問您，您說要先和父親、哥哥商量一下；冉有問您，您卻說馬上去做。同樣的問題，怎麼答案截然不同？」孔子回答：「冉有的個性退縮，我就鼓勵鼓勵他；子路的個性莽撞，我就叫他謹愼些。」

孔子的志向當然不只是講學而已，他最希望的是能有機會施展政治抱負。孔子生在東周春秋末期，當時周王已不能號令諸侯，社會秩序混亂。孔子雖然十分嚮往西周盛世，但他知道，時代不會逆轉，他希望以西周的典章制度和文化思想爲基礎，建立一套新秩序，使天下恢復太平。

孔子五十一歲時，終於出任魯國的地方官中都宰（相當於縣長），約一年後，因政績升任司空（相當於營建署長），接著又升任司寇（相當於司法院長），並兼任宰相。孔子充分表現出他的行政才能和外交才能，魯國的國勢因而蒸蒸日上。

魯國的興盛，引起鄰國齊國的嫉恨，齊國就送給魯定公一群美貌的女歌手。魯定公被迷住了，整天和女歌手們廝混，再也不理政事。孔子屢勸不聽，就帶領顏淵、子路、子貢、冉有等十幾名弟子離開魯國，開始周遊列國，到國外找尋施展抱負的機會。

孔子周遊了十四年，直到六十八歲才回到魯國。他晚年時把精神用在整理古籍上，重編了《詩經》和《尚書》，修訂了《禮經》和《樂經》，詮釋了《易經》，又編寫了一部當時的近代史——《春秋》。後來《樂經》（詩經的樂譜）失傳了，剩下的「五經」成爲儒家最重要的經典。

孔子是儒家的創始人。儒家不但影響著中國，也影響著日本、韓國和越南。儒家重視社會秩序，強調倫理道德和完美人格的追求，在政治上主張仁民愛物（對人民行仁政，並愛惜物力）。儒家文化圈的日本、台灣、韓國和中國大陸相繼崛起，證明孔子思想至今仍有旺盛的生命力。

（張之傑）

魯定公和女歌手廝混，孔子管他幹什麼？他辭職不幹，從此再也沒有從政的機會了。

孔子是個有理想、有原則的人，他說過，一個國家要想上軌道，必須做國君的像國君，做臣子的像臣子。孔子認爲魯定公已經「君不君」，再爲他效力已沒有意義。

孔子學問那麼好，他一定很有天份嘍？

除了天份，孔子還十分用功，因而有「韋編三絕」的典故。古時候的書是寫在竹簡上，再用繩子編起來的。孔子研讀《易經》時，把編竹簡的繩子磨斷了三次，可見他有多麼用功。

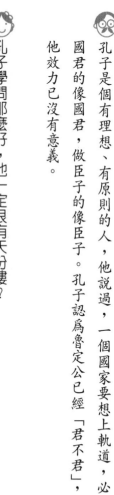

義和利的對話

孟子為仁義辯護

孟子風塵僕僕的來到魏國，去見魏惠王。當時魏國建都大梁，人們習慣把魏國叫做梁國，把魏王叫做梁王，因此在《孟子》這本書裡，魏惠王都寫成梁惠王。

梁惠王一見到孟子，劈頭就問：「老先生，您不遠千里而來，會提出對我國有利的建議嗎？」當時各國最希望的就是富強，一些學者到處提出富國強兵的計畫。梁惠王把孟子也當成這類學者了。

孟子回答：「大王何必一開口就說『利』！怎麼不談談『仁義』？如果全國上下都只知道利，不知道仁義，大家你爭我奪，無所不爲，這個國家就危險了。」

梁惠王重視「利」，孟子重視「仁義」，兩人的想法南轅北轍，當然得不

到交集。

過了幾天，梁惠王在宮廷的動物園裡接見孟子，他指著園內的鴻雁和麋鹿說：「您主張仁義，那麼我問您，賢君也會動用民力，興建園林取樂嗎？」

梁惠王的問題很不好回答，他的意思是說：你主張仁政，但是難道實行仁政的君王就不徵用民力嗎？

孟子用歷史的例子回答：「從前文王建造園林，和人民共享，大家出錢出力，唯恐建得不夠快呢！紂王殘害百姓，大家都想和他同歸於盡，他建造了園林，能安心享樂嗎？」

孟子用文王和紂王的例子，輕易的回答了這個問題。孟子的意思是說，只要處處考慮到人民，就會得到人民支持，否則就會遭到唾棄。

又過了幾天，梁惠王再次接見孟子，他說：「我對於國事十分盡心。黃河以北歉收，就把部分百姓移到河東，再把河東的糧食運過去；河東歉收，也是如此。鄰國的國君沒有像我這麼用心的，可是鄰國的百姓沒變少，我的百姓沒增多，這是爲什麼？」

孟子回答：「大王喜歡打仗，就以打仗來比喻吧！雙方短兵相接，一些膽小的扔了盔甲、拖著武器逃跑。有人逃了一百步，有人逃了五十步，那些逃了五十步的人，取笑逃了一百步的人膽小，說得過去嗎？」

梁惠王說：「說不過去。他們只不過不到一百步，但一樣是逃跑！」

孟子說：「大王如果明白了這一點，就不要期望百姓比鄰國多了。」

孟子的意思是說，你梁惠王和鄰國的國君都不行仁政，你們不過是五十步笑百步罷了，哪有資格說誰好誰壞。

孟子最後一次和梁惠王見面，梁惠王說出自己的心底話，他說：「我們國家原來十分強大，到了我的時候，一連被鄰國打敗，連太子都戰死了，我想和他們決一死戰，您認爲我應該怎麼做？」孟子勸梁惠王實行仁政，強調「仁者無敵」，但一心富國強兵的梁惠王哪裡聽得進去！

孟子見梁惠王，希望梁惠王行仁義，雖然最後無功而返，但兩人的對話卻被記錄了下來，成爲《孟子》一書的精采篇章，從中我們可以看出孟子的思想和滔滔不絕的辯才。

（張之傑）

孟子的口才太好了！梁惠王好像只有聽的份。

孟子的口才眞的很好，他曾經說：「我不是愛和人辯論，我是不得已啊！」爲了維護孔子的學說，只好經常和人爭辯。

孟子經常提到孔子，他是孔子的弟子嗎？

孟子比孔子晚了將近兩百年，他是孔子學說的繼承者。他對孔子學說做了若干補充，其中最重要的就是對「義」的強調。他要世人隨時弄清楚什麼是該做的，什麼是不該做的。該做的就要義無反顧的去做。

爲和平而戰

墨子愛人不分你我他

戰國時代，魯國有位能工巧匠，叫做公輸般。他受聘到楚國，爲楚國設計一種攻城用的雲梯。楚國有了這種新式的攻城器械，就準備攻打宋國。

楚國準備攻打宋國的消息，傳到魯國和平主義者墨翟（墨子）的耳中。墨子十分著急，立刻派遣弟子禽滑釐等三百多人前往宋國，協助守城，他自己則立刻趕往楚國。

墨子日夜不停的趕路，腳底磨出水泡，甚至潰爛了，就撕下衣服把腳包起來，忍痛繼續趕路。他走了十天十夜，終於到了楚國的都城。

墨子晉見楚王，說：「楚國方圓五千里，是個大國；宋國方圓五百里，是個小國。大王對宋國用兵，豈不背負以大欺小的惡名？如果勞而無功，就更划不來了。」

楚王則回答，這次用兵一定成功。

墨子又說：「大王這麼有把握，無非是公輸般爲楚國設計了新式雲梯。但是我已設計了反制這種雲梯的守城工具，大王不信的話，可以試試。」

楚王命公輸般用他設計的雲梯進攻，墨子用他設計的守城工具防守，公輸般一連攻了九次，都被墨子擋住。公輸般很生氣，對墨子說：「我有辦法對付你，不過我不說出來。」

墨子說：「我也知道你的辦法，我也不說出來。」

楚王不知兩人說什麼，於是墨子對楚王說：「公輸般的意思是，如果把我殺了，沒人擋得住他的雲梯，就可以輕易的把宋國攻下來。但是他沒想到我早已派遣禽滑釐等三百多人前往宋國，即使殺了我，也無濟於事啊！」

楚王無可奈何，只好放棄攻宋的計畫。

墨子是戰國時的大思想家，也是著名的和平主義者。他認爲人類的一切問題，都是出於對「愛」有遠近親疏的分別。所以他提出「兼愛」的主張，也就是沒有分別的愛。他認爲只要大家相親相愛，不要分什麼遠近親疏，天下就會太平了。

墨子另一項重要的主張就是「非攻」，也就是反對戰爭。墨子認爲，戰爭起因人們只愛自己愛的人，如自己的父母、兄弟姊妹、朋友，至於和自己無關的人就不愛了。在人類眞正做到「兼愛」之前，必須想盡一切辦法，反對各國用戰爭解決問題。

墨子曾經在宋國做過小官。他學識淵博，精通各種技藝，也經常帶著弟子周遊列國，爲人排難解紛，他那身體力行的救世精神，深受人們推崇。

墨子去世後，他的學派（墨家）繼續發揚，到了孟子的時代，墨家已成爲最有影響力的學派之一。孟子雖然痛批墨家，但也不能不肯定墨子「放踵磨頂以利天下」的救世精神。

（張之傑）

墨子還會設計守城器械，真不簡單。

墨子不但會設計守城器械，也是位科學家，他的科學著作《墨經》，記載了許多物理學知識。

墨子提倡兼愛，要我們愛別人的父母如同愛自己的父母一樣，我覺得這很難做得到。

區分親疏遠近是人類的天性，墨子的兼愛只是一種理想，在現實中是不容易做到的。

書上說，墨子反對唱歌、聽音樂，也反對為父母守孝。

一般性的唱歌、聽音樂，墨子大概不至於反對。他反對儒家的「三年之喪」（守孝三年）。總之，對於一切鋪張、浪費、虛假、沒有實際價值的行爲，他都反對。

殺寵姬，立軍威

孫子致勝從洞察人性開始

西元前五一五年春秋時代，吳王闔閭即位，他想成就霸業，所以積極尋求人才。大臣伍子胥把孫武推薦給吳王。

孫武（孫子）是齊國人，他的曾祖父、祖父都是齊國名將，受到家庭影響，從小就喜歡兵法。孫武約十八歲時，齊國發生內亂，他就離開齊國，到了吳國，在吳國首都（今蘇州）郊外隱居。

當時孫武才二十出頭，吳王怕他只會紙上談兵，就說：「你的兵法著作我看過了，但不知能不能學以致用，我想讓你指揮軍隊試試看。」孫武點頭說可以。

吳王又說：「用女子來試可以嗎？」孫武也說可以，於是吳王召集了一百八十名宮女，請孫武指揮。

孫武把宮女分爲兩隊，每隊九十人，讓吳王的兩位寵姬當隊長。隊伍站好後，孫武對她們說：「現在妳們已是女兵，軍人必須聽從命令，軍法森嚴，違令者死！」接著詳細說明向前看、向左轉、向右轉的要領。

就這樣說明了幾次後，孫武問她們：「妳們聽明白了嗎？」

宮女們都說：「明白了。」其實孫武發出口令，宮女們根本不當一回事，嘻嘻哈哈，笑成一團。

孫武說：「可能是我沒說清楚，是指揮官的錯。」又把向前看、向左轉、向右轉的要領解釋了一遍。但再次發出口令時，宮女們仍然嘻笑不止。

此時孫武把臉一沉，說：「沒解釋清楚是指揮官的錯，解釋清楚了而不聽命令，是隊長和士兵的錯。」接著立即下令把兩名隊長推出去斬首！吳王知道了，趕緊派人制止，但孫武嚴肅的說：「將軍率兵在外，不能事事聽從君王的命令。」吳王派來的人還來不及回報，兩位寵姬已經人頭落地了。

殺了兩位寵姬，另選兩人當隊長，這時候宮女們再也不敢兒戲，無論是多麼複雜的動作，都能規規矩矩的操練。

孫武向吳王報告：「女兵已經操練完成，請大王校閱。」

吳王正在氣頭上，哪肯校閱！但孫武仍義正辭嚴的對吳王說：「沒有嚴格訓練的軍隊，怎能成就霸業？」

這句話讓吳王醒悟過來，於是拜孫武爲將軍，把訓練軍隊的大權交給他。在伍子胥和孫武的輔佐下，吳國的國力突飛猛進。當時楚國是南方最強大的國家，吳國要想稱霸，必須打敗楚國。孫武使用騷擾戰術，派出三支部隊輪流騷擾，弄得楚國國力耗損，疲於奔命。

西元前五〇六年，孫武認爲時機已經成熟，便率領三萬精兵攻入楚國，大敗楚軍數十萬人，接著長驅直入，十天之內就攻陷楚國的首都郢都。要不是秦國出兵干預，楚國就亡國了。

吳國戰勝楚國後，吳王闔閭志得意滿，對伍子胥和孫武不再言聽計從。孫武看出苗頭不對，就辭官回到齊國，隱居山中，專心修訂他的兵法著作。

孫武的兵法著作就是《孫子兵法》，這部書討論的是戰爭的原理、原則，所以歷久彌新，不受時空限制。如今《孫子兵法》已成爲各國軍事院校必讀的教材，還被用在政治、經濟、商業和人際關係上，世界上再也沒有一本兵書，比《孫子兵法》的影響更大了。

（張之傑）

孫武竟然殺了吳王的寵姬，太狠了！

他的確狠。不過要成就大事業，有時就得使出非常手段。孫武是在做一場豪賭，他可能被吳王所殺，也可能被吳王重用。他大概已摸清吳王的個性，知道自己賭贏的機會較大吧？

《孫子兵法》是兩千多年前的著作，到了現在還有用，真神奇。

人性千古不變，《孫子兵法》從洞察人性出發，難怪不會被時代淘汰。舉例來說，「知己知彼，百戰不怠」這句話就出自《孫子兵法》，它永遠是眞理啊！

從不可愛的人身上發現可愛之處

耶穌實踐博愛的精神

耶穌生活在距今兩千多年前的羅馬帝國，那個時候，羅馬帝國的領土非常廣大，也有許多的民族，耶穌和他所屬的「以色列」民族就包括在其中。以色列民族不喜歡被羅馬帝國統治，非常希望建立自己的國家。那時候有些人希望年輕聰明的耶穌可以帶領他們，把屬於以色列人民的國度給建立起來；但耶穌似乎對建國沒什麼興趣，總是帶著學生四處講論《聖經》裡的古老故事和道理。

耶穌十分疼愛小孩子，從不認爲孩子們頑皮是不乖的；也總是和生病的人們作伴，安慰他們，或想辦法幫助他們。耶穌認爲，用心思考眞理，並盡力愛身邊的人，比當皇帝更有意義。

一天，耶穌來到了一座名叫「耶利哥」的城裡，那兒有許多人都曾風聞耶穌講過的道理和行過的事蹟，因此對他非常好奇，爭相擠到城門口來看他。人群裡有一個名叫撒該的，是個收稅的官員。撒該不是個好人，仗著羅馬帝國的勢力，總是胡亂的多收很多很多錢中飽私囊，即使讓許多人的生活陷入窮困中，他也不以爲意。

撒該的個子很小，又很討人厭，想要擠進人群裡看到耶穌，實在很困難，因此他靈機一動，爬到附近的一棵樹上。說也奇怪，當耶穌經過那棵樹的時候，一抬頭就看到了撒該。耶穌知道撒該做過許多壞事，但耶穌竟然對撒該說：「快下來吧，不要留在樹上了，我今天要住在你家！」

圍觀的人聽到耶穌講的話，都十分不明白，也不諒解，因爲撒該是個壞人呀！以色列民族是很好客的，能接待到尊貴的客人，是主人的光彩；像耶穌這樣受人尊敬的人，怎麼可以住到像撒該那樣討厭的壞人家裡呢？

但撒該聽到耶穌的話，知道耶穌沒有因爲他做的錯事就看輕、不喜歡他，非常高興的爬下樹來，對耶穌說：「耶穌啊，您能接納我，我太高興了！我保證以後絕不會再亂收錢了，之前我要是騙過誰的錢，我馬上還他四倍！即使之後我將窮困潦倒，我也不在乎了！」

然後耶穌回頭對圍觀的群眾說：「撒該是我們的弟兄姊妹，更和我們有相同的祖先。我們今天接納了他，使他從心裡變好以後，他也從此不再是你們討厭的人了！」

（倪宏坤）

要接納自己討厭的人，實在非常困難！

別說接納了，要接近都很困難！不然，撒該怎麼會受到人群的排擠，連想看耶穌都看不到呢？可是，每個人其實都有善良的一面，再壞的人，只要能被眞心的了解和接納，總會發出溫暖的光輝的。

也對，雖然有些人令我們很討厭，但如果我們都不去接納他們，就永遠沒機會了解他們，更不要說發現他們的可愛之處了，故事中的撒該也就永遠沒有機會變好了！

耶穌雖然已經擁有了眾人的喜愛，但仍願意和不討人喜歡的人在一起，願意藉著眞心的接納讓他們重新擁有美麗的心靈。因爲，眞正需要被愛、被接納的，就是這些看起來不可愛的人呀！

活著會怎樣？

釋迦牟尼了悟生死之道

西元前五世紀，印度發生宗教改革運動，產生了一個新興教派，那就是釋迦牟尼所創的佛教。

釋迦牟尼姓喬達摩，名悉達多，是迦毘（ㄆㄧˊ）羅衛國淨飯王的太子。他住在王宮裡，生活無憂無慮，根本不知道生、老、病、死的痛苦。

相傳釋迦牟尼有次出遊，在東門看到一名衰弱不堪的老人，就問隨從：「這人怎麼了？」隨從說：「這人老了，人老了就會這樣。」他看了很難過，再也無心遊玩，就回宮了。

過了一段時間他又出遊，在南門看到一個奄奄一息的病人，隨從告訴他：「這人病了，人病了就會這樣。」他看了很難過，無心繼續遊玩，就返回王宮了。

不久他再次出遊，在西門看到四個人抬著一個死人，家屬哭哭啼啼的跟在後頭，隨從說：「這人死了，人死了就會這樣。」他更加難過，覺得人生不過如此，就黯然回宮了。

第四次出遊，他在北門遇到一位出家人，和出家人攀談過後，他覺得找到了人生的方向。於是在二十九歲時，他毅然放棄了太子的地位，捨棄了妻子和兒子，捨棄了榮華富貴的生活，出家修道。

他起先按照婆羅門教（印度教的前身）的修行方法，穿粗布衣服，睡在荊棘上，每天只吃一點點食物（一麻一麥），希望藉著肉體的痛苦，尋求心靈的解脫。苦行了六年，什麼也沒得到，當他快要支持不住的時候，恍惚中想起年輕時在樹下打坐的經驗。

他離開苦行的地方，先把身體調養好，然後坐在佛陀迦耶地方的一棵菩提樹下，經過七天的冥想，終於悟道成佛。

在古印度語中，「佛」是「覺悟者」的意思，釋迦牟尼悟出的「道」是什麼呢？簡單的說，就是如何脫離苦惱、甚至如何了脫生死的道理。

釋迦牟尼認爲，當一個人認清世間的萬事萬物不過因「緣」而生，他就可以擺脫對世俗的留戀，得到心靈的平靜，獲得喜樂。釋迦牟尼還說，「離苦得樂」要靠自己，不能依靠神明。

釋迦牟尼悟道後，在鹿野苑爲最初的五位弟子說法，佛教稱爲「初轉法輪」。然後他率領僧團到處說法，人們尊稱他爲「佛陀」或「佛」。他八十歲時，在拘尸那城附近的娑羅雙樹下滅度（去世）。

釋迦牟尼去世後，弟子們把他說過的教義記錄下來，稱爲「經」。後人又根據他的教義寫成很多論文，稱爲「論」。經、論，加上僧團的戒律，就組成了佛經。根據佛經，我們可以了解釋迦牟尼的思想和人格。

（張之傑）

既然釋迦牟尼姓喬達摩，名悉達多，怎麼又稱為釋迦牟尼？

釋迦牟尼是他的號，意思是「釋迦族的聖人」。這和我們稱呼孔子爲「至聖先師」的道理是一樣的。

釋迦牟尼不當太子，出家苦行。有福不享，不是太傻了嗎？

當太子固然可以享受榮華富貴，過著錦衣玉食的生活，但就算有再多的世俗享受，人也終究擺脫不了生、老、病、死的苦惱。釋迦牟尼看到人生是這樣苦惱，於心不忍，就想找出人生的意義，想要超脫生死。他在悟道之後，便到處傳播，希望幫助眾生覺悟。

如果釋迦牟尼繼續當太子，以後繼任爲王，就不可能成爲「釋迦族的聖人」，也不可能成爲佛陀了。

釋迦牟尼說「離苦得樂要靠自己」，怎麼靠自己呢？

釋迦牟尼悟出的道理主要有四點，稱爲「四聖諦」；他提出的修行途徑主要有八點，稱爲「八正道」。他認爲，只要了悟四聖諦，謹守八正道，就可以離苦得樂。

四聖諦是苦、寂、滅、道，意思是說：人生是痛苦的，萬事萬物都只是短暫的存在，遲早都要滅亡，只有眞理歷久長存。這道理並不難懂，但要澈底了悟就不容易了。至於八正道，要全部做到就更難了。

康來昌談聰明

相信一切都有最好的安排

（李美綾）

康來昌，美國范德堡（Vanderbilt）大學神學博士，曾任中華福音神學院教務主任，現為台北信友堂牧師，著作有《喜從何來》（自行出版）、《當十字架變為十字軍》、《基督徒的最後試探》、《流浪的神》、《井歌》（以上皆雅歌出版）、《與我共遊奇幻國度——魔戒導讀》（校園書房出版）。

有些人天生比其他人聰明，這是不是不公平呢？

這個世界的確不是公平的，例如有些孩子先天智商高，比別人聰明，或他的父母是大學教授，可以教他很多東西，這樣會公平嗎？可以說，先天、後天都有許多不公平。

覺得不公平，許多人只好抱怨自己倒楣，而且往往不甘於「命運」這兩個字，希望去挑戰、去改變。

只不過，如果我們把時間拉長，等活到七、八十歲再回頭看，看自己過去比賽獲得的獎狀，會發現一切的榮耀終究會過去！例如曾是選美比賽第一名，那就更悲哀，因爲從來沒有美過就算了，曾經美過然後衰老，美人遲暮，可能更難受。

對這樣的問題，我會從一個基督徒、一個牧師的觀點來看，我認爲所有的問題到最後都會回到信仰來——除非我們相信有個上帝，否則很難接受這些不公平。

覺得自己不夠聰明，有辦法改變嗎？

我們基督徒的辦法是信靠這個上帝，我們認爲上帝是一切問題的答案。以我自己爲例，我也有一大堆跟別人一樣自卑的理由，但是我沒有自卑，因爲我相信上帝對每個人都有最美好的安排。有了信仰，讓我的處世態度變得更好；我能夠有愈來愈好的生活態度，去面對我的父母、兄弟姊妹、教會，面對世界的痛苦和悲慘，都是因爲能敬畏、信靠上帝。

這種信仰當然不是一開始就那麼堅定。每個人都有自己的悲哀和痛苦，但是認識了上帝的慈愛和全能，會感到非常的喜樂，愈來愈能欣賞別人的好。如果不能相信有一個慈愛的上帝在引導，就會感覺到痛苦；即使聰明的人，也會因爲觸角敏銳而痛苦；即使漂亮的人，也會因爲看到凋零而痛苦。

所謂「最好的安排」是基督教的觀念嗎？

最好的安排，意思並不是在理智上看來是最合理的安排。例如我身高一百六十二公分，我想對我來說，一百八十公分也比一百六十公分是更恰當的安排吧！例如我大學考上文化學院，可是如果能考上台大應該會更好啊！

舉個例，美國有個女作家，長得矮小不好看，她常常向上帝抱怨。有一次她舉辦新書發表會，來賓中有幾個是模特兒。當她看到這些模特兒，不禁又難過了起來，忍不住抱怨自己怎麼這麼醜。這時上帝對她說：

「妳看看這些模特兒有什麼特點？」

「那還用問嗎？很漂亮啊！」她回答。

上帝說：「妳這麼聰明，不應該只看到這些，妳再仔細看看，她們有什麼特點？」

女作家仔細觀察，發現這些模特兒都很緊張，因爲模特兒最怕有其他更漂亮的女人在場。

接著上帝跟她說：「那妳再看看自己，有什麼特點？」

「當然就是醜啊！」她立刻回答。

「妳再仔細看看。」上帝又說。

於是女作家想了想，深有領悟的說：「我了解了，我是個不會讓其他女人緊張的人。」

身爲基督徒的我們相信，一切的事物裡都有愛、都有智慧、都有能力。我不會愚笨到不希望自己變得更高，但是有了信仰，我不會覺得自己的矮是很糟糕的，至少我讓那些一百六十三公分高的人覺得自己還不錯！

人應該接受先天、後天的安排，還是應該努力改變自己？

很多人認爲信仰的人是懦弱、保守、安於現況的，但我覺得不是。信仰並不是安寧病房，好像一個人已經死定了，只求可以死得舒服一點。我覺得可以更積極。

我對任何一個孩子，不管覺得自己哪裡不夠好，都是讓他去認識上帝的慈愛，從中獲得積極的力量，因爲上帝的安排是在生命中一直持續進行的。在上帝的愛裡面，每個人都可以將自己的天賦發揮得很好。

基督教絕不主張消極、樂天知命、忍辱承受，而是希望每一分、每一秒變得更有智慧、更良善。我自己在初中時就是很悲觀的人，當時雖然已經信

耶穌，卻不想活，覺得世界上沒什麼快樂。但是當我後來愈認識上帝，心中就有愈多的喜悅、愈多的盼望。

聰明的人和不聰明的人，彼此該如何對待？

我沒辦法要求別人怎麼做，也不認爲應該強迫別人。我只能要求自己，對於聰明或美麗的人，我會有一分的欣賞。希望那些聰明或美麗的人，也不要去傷害或剝削別人。如果我們的聰明是天生的、是別人給予的，那有什麼好驕傲的呢？

The Eurasian Publishing Group
圓神出版事業機構
用心與你對話・視野無限寬廣
圓神出版社
Eurasian Press

http://www.booklife.com.tw inquiries@mail.eurasian.com.tw

說給我的孩子聽 08

面對人生的10堂課——邏輯與智慧

發 行 人／簡志忠
出 版 者／圓神出版社有限公司
地　　址／台北市南京東路四段 50 號 6 樓之1
電　　話／（02）2579-6600・2579-8800・2570-3939
傳　　真／（02）2579-0338・2577-3220・2570-3636
郵撥帳號／18598712　圓神出版社有限公司
副總編輯／陳秋月
主　　編／林慈敏
策　　劃／簡志忠
審　　定／張之傑
套書主編／李美綾
插　　畫／陳穩升
責任編輯／李美綾
校　　對／李美綾・傅小芸
美術編輯／劉婕榆
排　　版／杜易蓉
印務統籌／林永潔
監　　印／高榮祥
總 經 銷／叩應有限公司
法律顧問／圓神出版事業機構法律顧問　蕭雄淋律師
印　　刷／龍岡彩色印刷
2005年5月　初版

定價 250 元　ISBN 986-133-071-2

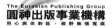

國家圖書館出版品預行編目資料

面對人生的10堂課．邏輯與智慧 / 林慈敏主編.
-- 初版. -- 臺北市 : 圓神, 2005[民94]
面； 公分. -- (說給我的孩子聽系列 ; 8)

ISBN 986-133-071-2 （精裝）

1. 親職教育　2. 父母與子女

528.21　　94004319

請貼郵票

圓神出版事業機構 收

105 台北市南京東路四段50號6樓之一
Tel：02-25796600 Fax：02-25790338

對折黏貼後，即可直接郵寄

說給我的孩子聽系列　**面對人生的10堂課**

說給我的孩子聽系列　**面對人生的10堂課**